AF192002

Stories

Casablanca: Ein älterer Mann und seine junge Geliebte auf einer Reise durch Nordafrika, die tragisch endet.

Lagos: Ein junger Mann aus dem Westen versucht in Nigeria Fuß zu fassen und scheitert kläglich.

Die Krise: Ein Mann verliert sich in seiner Einsamkeit.

Die Flucht: Einer Familie gelingt die Flucht vor dem Bürgerkrieg in Mozambique.

Täuschung: Der Versuch einer Frau ihren Geliebten allein für sich zu gewinnen.

Lust: Eine Zufallsbegegnung.

Nachtschatten: Eine Reise ohne Ende.

Das Ende einer Beziehung: Die Spannung zweier Liebender, die nicht zueinander finden.

Was ich schon immer fragen wollte: Eine junge Frau, mit einem Bein in Nigeria, dem anderen in Berlin, die Erklärungen sucht.

Va Banque: Eine Frau tötet ihren Mann und verliert alles.

Das Motorrad: Zwei junge Männer unterwegs in Paris.

Das Geheimnis: Ein junger Mann steht an einer Weggabelung.

Der Anruf: Eine Selbstmörderin entscheidet sich anders.

Vom selben Autor:

Romane:

Die Weltverbesserer

Tod am Sambesi

The Village

Die im Schatten sieht man nicht

Dunkle Wahrheiten

Das Kuvert

Suchende

Das Verhängnis

Grenzgänger

Kurzgeschichten:

Okavango, Stories I

Sachthemen:

Aufzeichnungen I; 1965-1979

Aufzeichnungen II; 1980-1993

Aufzeichnungen III; 1994-2001

Aufzeichnungen IV; 2002-2014

Aufzeichnungen V; 2015-2019

Aufzeichnungen VI; 2020-2024

Stories

****

Eckhard Polzer

© 2024 Eckhard Polzer

Verlag: BoD · Books on Demand GmbH, In de Tarpen 42,
22848 Norderstedt, bod@bod.de
Druck: Libri Plureos GmbH, Friedensallee 273,
22763 Hamburg
ISBN: 978-3-7693-5842-1

Verzeichnis:

Casablanca

Mit lautem Knall entlädt sich die Gewitterwolke, die seit dem Brenner über ihnen hing. Schwere Regentropfen prallen auf die Windschutzscheibe und ersticken das Schlagen der Räder auf den Betonplatten der Autobahn. Karl stellt die Wischer auf maximale Geschwindigkeit.

„Nicht gerade einladend das Wetter. Du siehst ja fast nichts?", sagt Nora.

„Die Rücklichter des Vordermanns reichen mir. Es ist nur ein Aprilschauer, du wirst sehen, das Wetter bessert sich sobald wir das Etschtal hinter uns haben. Vor Jahren, auf dem Rückweg aus Italien, geriet ich hier schon einmal in einen Gewittersturm. Hagelkörner groß wie Taubeneier prasselten auf das Auto, danach sah es aus, als hätte es die Pocken. - Hast du dich erschreckt?"

„Nur kurz, als das Wasser wie ein Hammer auf die Scheibe knallte. Ich mag keinen Regen beim Autofahren. Vor Jahren kam ein Freund von mir auf nasser Straße zu Tode. - Wie weit willst du heute noch fahren?", wechselt Nora schnell das Thema.

„Bis Porto Ercole, dort gibt es ein kleines Hotel direkt am Hafen. Ich denke, es wird dir gefallen." Drei Wochen, ein Wunder, dass wir es überhaupt geschafft haben uns frei zu machen. Die Diagnose kurz vor der Abfahrt, nichts Neues. Es wird schon noch eine Weile halten, denkt er.

Für einen Moment fährt er dem Vordermann zu nah auf. Aus den Augenwinkeln sieht er, wie sich Nora verkrampft. Lächelnd legt er die Hand auf ihr Knie. „Tut mir leid, ich war in Gedanken woanders."

„Wo denn, mein Lieber?"

„Bei dir, bei uns. Wie wenig ich von dir weiß, und wie glücklich ich bin, dich bei mir zu haben."

„Ich fahre gern mit dir. - Was siehst du, wenn du durchs Etschtal fährst?", sagt sie, als wolle sie dem Gespräch eine andere Richtung geben.

Er überlegt kurz, was sie meinen könnte: „Berge. Kurz vor Trento, Obstplantagen. Jetzt nur Gischt. Aber eigentlich verstehe ich die Frage nicht. - Was siehst du?"

Er antwortet wie ein Chirurg, denkt sie. Einer der sich über seinen Patienten beugt und nur auf das Wesentliche konzentriert. „Ich mag den Oleander zwischen den Leitplanken. - Und manchmal sehe ich Horden von Germanen, die über den Brenner pilgern, weil es bei uns zu kalt ist", schiebt sie lachend hinterher.

Karl drosselt die Geschwindigkeit, die Gischt vor ihm ist zu dicht geworden. Er lacht. „Moderne oder alte Germanen? Manche Italiener betrachten uns vermutlich immer noch als Invasoren."

„Tun sie das?"

„Keine Ahnung, ist wohl eher Geschwätz."

Für eine Weile hängen sie ihren Gedanken nach, bis Karl den Gesprächsfaden von vorhin wieder aufnimmt. Der Regen hat nachgelassen, und er braucht sich nicht mehr ausschließlich auf die Straße zu konzentrieren. „Habe ich dir schon gesagt, dass mich in letzter Zeit häufig ein Gefühl von Hilflosigkeit beschleicht, wenn ich dich betrachte. Du scheinst nicht zu altern, ich dagegen kann zusehen, wie ich langsam verwittere."

„Was ist das, eine Beichte?", lacht sie.

„Eher nicht." Soll ich es ihr sagen, denkt er, den Blick der Assistentin im Kopf, als sie den Schallkopf abwischte und auf das Gerät steckte. „Warum bist du mitgekommen? Du hast keinen Moment gezögert, als ich dich darum bat, mich zu begleiten."

„Ich dachte, das hätten wir schon geklärt. Ich mag dich, sehr sogar."

„Das ganze Paket?"

„Ja, alles. Und du, was würdest du wählen, wenn du dich entscheiden müsstest, Kopf oder Brust?"

„Was für eine Frage!"

„Stell es dir vor."

„Geht nicht, sie lassen sich nicht trennen."

„Versuch es trotzdem."

„Gut, dann nehme ich den Kopf."

„Du lügst", lacht sie laut auf.

„Stimmt." Er schmunzelt, sieht sie beide vor sich, als sie sich das erste Mal trafen. Sie arbeitete als Redakteurin für eine Arztzeitschrift und hatte um ein Interview gebeten, weil er gerade zum Chef der Chirurgie einer namhaften Universitätsklinik ernannt worden war. Der jüngste in Deutschland. Das Gespräch lief nicht gut, sie schien ihn nicht zu mögen. Doch als er sie zum Essen einlud, akzeptierte sie ohne zu zögern. „Ich mag sie beide", sagt er nach kurzem Nachdenken. „Was hältst du von einer Pause? Nach so einer fundamentalen Diskussion über die wesentlichen Dinge des Lebens brauche ich dringend einen doppelten Espresso."

„Gute Idee, da gibt es sicher auch eine Toilette. - Du hast vorhin lange gezögert, als ich dich nach der Beichte fragte. Vielleicht war es das falsche Wort. Abrechnen wollte ich eigentlich sagen. Bist du schon an dem Punkt, wo du beginnst abzurechnen?"

„Ich wüsste nicht mit was. Mit mir? Vielleicht? Noch sind es nur Gedanken, die kommen und gehen. - Die Raststätte dort sieht gut aus, einverstanden?"

„Ja, gern."

Er parkt das Auto direkt vor dem Eingang. Als sie zwischen all den Verkaufsständen voller Billigkram den Weg zur Toilette gefunden hat, schwingt er sich auf einen der Hocker vor der Bar und bestellt einen doppelten Espresso. Er zündet sich eine Zigarette an und handelt sich den strafenden Blick der Bedienung ein, doch er ignoriert sie.

„Ich wusste gar nicht, dass du rauchst", sagt Nora, zurück, und wendet sich auf Italenisch an die Bedienung. „Für mich bitte auch einen Espresso. Sie hätten ihm das Rauchen verbieten sollen." Ihr Italienisch klingt perfekt, doch die Bedienung antwortet nur mit einem Schulterzucken, als wäre ihr völlig egal, was der Mann macht.

„Ich dachte: Wir fahren nach Casablanca, da wird es Zeit meine Humphrey Bogart Posen aufzupolieren. Der Kerl hat ununterbrochen geraucht in dem Film", sagt Karl, als wäre das eine ausreichende Begründung für sein Rauchen.

Nora schüttelt den Kopf, nimmt ihm die Zigarette aus der Hand, zieht daran, und drückt sie aus. Sie gießt sich ein Glas Wasser ein, und trinkt den Espresso in einem Schluck. „Fahren wir weiter?"

„Ja, wenn wir vorankommen wollen." Bevor sie gehen, schiebt Karl noch ein saftiges Trinkgeld über den Tresen. „Für die Zigarette", meint er lächelnd.

„Wie lange wird es dauern bis Porto Ercole?", fragt Nora auf dem Weg zum Auto.

„Drei Stunden etwa, es hängt davon ab, wie wir über den Apennin kommen. Im April schneit es dort manchmal noch."

„Wir übernachten und fahren gleich weiter am nächsten Tag?"

„Dachte ich. Aber wir könnten auch einen Abstecher auf die Südseite des Argentario machen. Dort gibt es eine exzellente Trattoria mit freier Sicht auf die Insel Giglio. Wir könnten gucken, wie weit sie mit der Bergung der Costa Concordia gekommen sind. Was für ein größenwahnsinniger Kapitän."

„Er war verliebt, da tut man verrückte Sachen", sagt sie, und gähnt. „Ich bin todmüde, stört es dich, wenn ich im Auto ein paar Stunden schlafe. Ich hatte eine kurze Nacht, weil ich noch einen Artikel wegschicken musste."

„Schlaf, solange du willst, ich kenne die Strecke wie meine Westentasche."

****

Im Apennin, als die Kurven enger, und die Licht- und Schattenspiele der Tunnel-Durchfahrten intensiver werden, wacht Nora auf. Sie reibt sich die Augen und drückt den Rücken durch. „Hier liegt ja noch Schnee", sagt sie verwundert. „Wie lange war ich weg, wo sind wir?"

„Oben auf dem Kamm. In einer Stunde etwa sind wir in Florenz. Du hast durch die ganze Po-Ebene geschlafen. Wie geht es dir?"

„Ich brauche frische Luft. Könntest du einen Moment anhalten?"

„Natürlich, da vorne in der Bucht. Zieh dir etwas an, es ist kalt hier oben."

Nora verschwindet hinter einem Felsbrocken. Als sie zurückkommt, atmet sie tief durch. „Jetzt geht's mir besser. Hast du einen Schluck Wasser?" Sie weist ins Tal, in dem sich das erste Grün zeigt. „Es dauert wohl noch eine Weile mit dem Frühling."

„Ab Florenz sind wir mitten drin. Der Ginster müsste bereits in voller Blüte sein", meint Karl, und reicht ihr eine Flasche Wasser.

Sie spült sich den Mund aus und spuckt das Wasser auf den Boden. „Wir können weiter. - Soll ich eine Strecke fahren, nicht, dass du zu müde wirst."

„Vielleicht ab Siena."

Bald öffnet sich die Landschaft, wird weicher, farbiger, mit ockerfarbenen Villen, davor Zypressen und Zedern. In der Ferne glänzt der Florentiner Dom, doch Karl bleibt auf der Autobahn und umfährt die Stadt. „Florenz zeige ich dir ein andermal, außer du kennst die Stadt bereits in- und auswendig."

„Nein, ich war noch nie dort. Auch nicht in der Toskana. Die Sprüche der deutschen Achtundsechziger Granden über ihre renovierten Bauernhäuser gingen mir auf die Nerven. Ihr Geschwätz von einem Glas Rotwein auf der Terrasse unter silbernem Mond - bei jedem Interview kam es zur Sprache, wie eine große Liebe, die sie unbedingt teilen wollten."

Klare Ansage, denkt Karl. „Wir sind bald in Siena, dort könnten wir eine Kleinigkeit essen, wenn du willst."

„Prima Idee, ich habe jetzt richtig Hunger. Sprichst du eigentlich italienisch?"

„Es reicht für eine gute Speisekarte. Und du? In der Cafeteria hat es sich perfekt angehört."

„Das täuscht, in Wirklichkeit kann ich mich gerade so verständigen."

„Und wie steht's mit spanisch, arabisch? Liegt alles noch vor uns", lacht er.

„Arabisch, wie kommst du darauf? Sehe ich aus, als trüge ich eine Bombe unterm Hemd." Sie drückt ihren Rücken durch und hält ihm die Brust entgegen.

„In der Tat, höchst explosiv."

„Du denkst schon wieder in die falsche Richtung", lacht sie. „Ab Messina müssen wir uns gemeinsam durchwursteln. - Was magst du an mir?"

„Deine Augen, die kleine Grube in der Halskehle, deine Brustwarzen, wenn sie sich verhärten."

„Schrecklich, es fühlt sich an, als wollten sie sich verselbstständigen", lacht sie. „Warum sind wir eigentlich mit dem Auto gefahren? Wir hätten direkt nach Casablanca fliegen können."

Sie gehört einer anderen Generation an, denkt er. „Nostalgie", sagt er nach einer Weile. „Als Student habe ich die Strecke mit einem Freund, in seinem alten VW-Käfer schon einmal gemacht. Wir sind einfach losgefahren, ohne uns allzu viel zu denken. Das war vor dreißig Jahren, eine Ewigkeit. Bin gespannt, wie sich alles verändert hat." Er spürt ihren prüfenden Blick, als sie fragt: „Wie hieß dieser Freund?"

„Jonas." - Sie ist schön, denkt er, ich liebe ihren chaotischen Haarschopf, ihre großen braunen Augen. Vor allem liebe ich die Vorstellung, dass ein Teil von ihr, mir gehören könnte.

„Wann genau seid ihr gefahren?"

„Im August 1966, es war heiß, und eine Klimaanlage gab es damals nicht."

„Da war ich ein Baby. - Und Jonas, gibt es den noch?"

„Nein, er hat sich mit dem Motorrad an einem Baum aufgespießt. Warum fragst du?"

„Weil du so anders klingst, wenn du von ihm sprichst."

Ich will nicht über Jonas reden, denkt Karl. Wenn er seinen Helm aufgesetzt hätte, wäre er vielleicht noch am Leben. Dann wären wir wohl auch wieder gemeinsam gefahren. Vielleicht wollte er sich auch nicht schützen, weil ich ihm die Bürgschaft verwehrt hatte, und er nicht mehr ein noch aus wusste. - Er war sie tausendmal gefahren, dieselbe Strecke, dieselbe Kurve, derselbe Baum, immer glatt vorbei. „Ist wahrscheinlich das Alter. Es macht uns milde, und zwingt dich, an das zu erinnern, was schon lange zurück liegt. Dabei denken wir alle nur in Schubladen, in die wir unsere Erinnerungen und Vorurteile geordnet haben."

„Du kokettierst. In welche Schublade gehöre ich?"

„In keine. Du weißt, wie viel du mir bedeutest."

Ohne weiter darauf einzugehen nimmt Nora die Pässe aus dem Handschuhfach und sieht lange auf Karls Bild. Dann blättert sie durch die verschiedenen Stempel, als wolle sie seine Reisen zurückverfolgen. „Ganz schön viel unterwegs.

Du siehst gut aus. Immer wieder amerikanische Einreisestempel, Kongresse nehme ich an. Mein Bild im Pass hat ein Automat gemacht, ich sehe entsetzlich aus."

„Meins war vor zehn Jahren, in einem Foto Shop in Konstanz gemacht. Ich strotzte vor Selbstvertrauen, wahrscheinlich scheint das durch."

„Und dann Berlin?", fragt sie.

„Ja. - Ich muss den Pass bald erneuern lassen, dann ist es vorbei mit der Jugend. Neuer Pass, neues Bild."

„Hast du Angst vor dem Alter? Machen wir deshalb diese lange Fahrt, eine Art Bestätigung, dass du es noch kannst?" Nora lächelt, doch es klingt falsch.

„Wer weiß schon genau, warum man etwas tut. Wir Menschen sind Getriebene. Ich habe mehr erreicht, als ich mir je vorstellen konnte. Als Chirurg weißt du immer gleich, ob die Operation geglückt ist, mehr Bestätigung brauchte ich nie."

Er hält eine Hand locker am Lenkrad, mit der anderen sucht er die ihre. „Wie geht's dir jetzt? Oben im Gebirge sahst du etwas desorientiert aus."

„Ich wusste für einen Moment nicht wo ich war. – Wann sind wir in Siena?"

„Eine halbe Stunde maximal."

„Wie alt war Jonas, als er starb?"

„Mitte dreißig, um den Dreh, aber nagle mich bitte nicht fest. Es ging ihm nicht gut. Er hatte sich überhoben mit seinem Sportartikelgeschäft und musste Konkurs anmelden. Zu viele teure Aktionen, die nichts einbrachten. Geld war nicht sein Ding, er hat zu spät begriffen, dass es nicht vom Himmel fällt. Das Motorrad hat er vor dem Gerichtsvollzieher versteckt, dabei wäre es besser gewesen sie hätten ihm die Maschine abgenommen, dann lebte er wahrscheinlich noch. - Der Unfall fand auf einer Strecke statt, die er tausendmal gefahren war, klare Sicht, freie Straße. Er war ein guter Fahrer, ich habe es genossen mit ihm durch das Alpenvorland zu brausen. Sie haben es als ganz normalen Unfall eingestuft, aber ich habe nie daran geglaubt. Neben seinen finanziellen Schwierigkeiten hatte er auch eine Beziehung zu einer verheirateten Frau, die sich nicht von ihrem Mann trennen wollte. Jonas wollte raus aus der Beziehung, aber sie ließ ihn nicht gehen." Soll ich ihr sagen, dass Jonas' Geliebte meine Frau war, denkt er. Es würde nichts ändern, und alles verkomplizieren.

Nora geht nicht sofort darauf ein, sieht nur schweigend auf den Verkehr. „Du glaubst, er hat sich umgebracht", sagt sie schließlich. „Vermisst du ihn?"

„Ja, aber lass uns über etwas anderes reden, es ist so lange her. Dort, die Ausfahrt nach Siena Süd, die nehmen wir."

Er hält auf dem Parkplatz außerhalb der Stadtmauer im Schatten einer Platane. Sie durchqueren das Südtor und Karl steuert durch die Gassen zielstrebig ins Zentrum. In einem Restaurant, direkt an der Piazza del Campo, wählt er einen Tisch mit freiem Blick auf den Palast gegenüber. Er rückt Noras Stuhl zurecht und weist mit großer Geste auf den muschelförmigen Platz. „Il Campo", sagt er triumphierend. Es ist kühl und die wenigen Touristen, die es um diese Jahreszeit in die Stadt verschlagen hat, sind Bildungsbürger, die gekommen sind um zu sehen und zu lernen, ohne im Minutentakt für Aufnahmen vor der klassischen Kulisse zu posieren.

„Du hast es geplant", sagt Cora, die entspannt die Ausgewogenheit des Platzes betrachtet. „Vielleicht war es ein Fehler nicht schon früher in die Toskana zu fahren."

„Ich bin glücklich hier, noch dazu mit dir. Im Sommer vermeide ich die Stadt, da verwandelt sie sich in einen Rummelplatz. - Einmal im Jahr findet hier auf dem Campo der Palio statt, und im Mittelalter gab es noch richtige Stierkämpfe. Dort in der Kurve ist ein Freund von mir gestürzt." Karl weist auf den Punkt, wo sich das Pflaster seitlich zu den Häusern neigt, bevor es vor dem Palast in eine kurze Gerade übergeht. „Es ist die gefährlichste Stelle des Rennens."

„Ein Rennen?"

„Ja, ein klassisches Pferderennen in Renaissance Kostümen. Dreimal im Kreis, ohne Sattel. Auf das Pflaster wird Sand gestreut, das macht es schwer nicht zu stürzen. Pferd und Reiter werden von den einzelnen Stadtvierteln gestellt. Aber eigentlich zählt nur das Pferd, es gewinnt auch allein, wenn es ohne den Reiter ins Ziel kommt. Das Tier wird dann vergöttert, erhält den Ehrenplatz beim Festbankett und seine Hufe werden mit Goldlack überzogen. Ich wollte, dass du diesen Platz siehst. In meinen Augen ist er einer der schönsten Europas."

„Du sprichst, als wärst du schon mitgeritten."

„Nein, dazu langte es bei mir nicht", lacht Karl verlegen.

„Woher weißt du das alles?"

„Über den Palio?"

„Ja."

„Von Luigi, dem Freund, den ich schon erwähnt habe. Er war ein ehemaliger Reiter und hat das Rennen zweimal gewonnen. Beim dritten Mal ist er gestürzt. Er wohnte in einem ehemaligen Pfarrhaus, in Orgia, einem kleinen Ort außerhalb Sienas. Der dortige Pfarrer hielt Pferde, deren Stallungen noch gut erhalten waren, als sie Luigi übernahm. Manchmal denke ich, ich hätte das Anwesen kaufen sollen."

„Warum hast du es nicht getan?"

„Weil ich keiner von diesen Toskana Granden werden wollte, die über den Silbermond in sternklaren Nächten schwärmen", lacht er, und strahlt sie an. „Das einzige Restaurant am Ort gehörte Luigi. Auf seiner Terrasse konnten wir über Pferde reden, und gleichzeitig hervorragend essen. Wildschweine vor allem, die er selber schoss. Sein Wein leuchtete honiggelb und schmeckte fantastisch. Als Luigi beim dritten Rennen vom Pferd fiel blieb er halbseitig gelähmt. Er dachte, ich als Chirurg müsse ihm helfen können, aber wir sind keine Wunderheiler."

„Sind wir deshalb nach Siena gefahren?", fragt sie nachdenklich.

„Nein, ich wollte dir diesen Platz zeigen. Siena hat mir viel bedeutet, aber seit Luigis Unfall war ich nicht mehr hier, es ging einfach nicht."

Sie sieht lange auf den Platz, die schräge Lage zum Rathaus hin, als könne sie sich den Trubel, die Farben, die Gerüche vorstellen. „Ich will wissen wer du bist, Karl. Seit ein paar Monaten mehr denn je. Dieser Luigi, auch Jonas scheinen mir ein Schlüssel zu dir zu sein. Zeigst du mir den Ort, wo er gelebt hat?"

„Orgia? Lieber nicht, es könnte mir schlecht bekommen. Luigi hat den Kummer nicht überlebt, dabei war er viel zu jung, um einfach aufzugeben. Aber weder er noch Jonas hatte einen Schlüssel zu mir."

„Was ist wirklich passiert?"

„Ich weiß es nicht. Luigis Frau hat mir ein paar dürre Worte geschickt, dass er sich erhängt habe. Nichts zu den Hintergründen, dabei wusste sie, wie eng wir befreundet waren. Und Jonas, der ist wohl gegangen, weil er es nicht ertrug von Anderen abhängig zu sein. - Vielleicht rede ich mir auch nur alles ein."

„In all den Jahren seit wir uns kennen - wie lange ist das her, acht Jahre? - waren wir nie so lange zusammen, wie es auf dieser Reise sein wird. Hältst du mich überhaupt aus? - Frage ich zu viel? - Mache ich dich nervös?"

„Hör auf Nora, warum solltest du mich nervös machen."

„Ist es mein Körper, den du suchst? Bitte sag es mir."

„Du bist so viel mehr, als ein schönes Gehäuse."

„Aber was bin ich für dich? Ich werde alt, du hast von den kleinen Falten um die Augen gesprochen."

„Alt?", lacht er. „Ich mag die kleinen Falten. Du bist alles für mich."

„Ich hätte nicht fragen sollen. Du nimmst es nicht ernst, aber da ist das Gefühl, als säße noch jemand mit uns im Wagen, den ich nicht kenne. Einer der dich kennt, dessen Stimme nur du hörst, und zuweilen hörst du mehr auf ihn, als auf mich."

„Du denkst, es ist Jonas, aber das stimmt nicht. Ich wollte diese Tour und ich wollte sie mit dir. Weil ich Karthago noch einmal sehen will. Weil ich dir die Wüste hinter Kairouan zeigen will. Und dass wir gemeinsam die harte, weiße Sonne in Camus' Algier spüren. Und endlich das Meer vor Casablanca, das ich nie gesehen habe. Vor allem aber das Licht auf Fez in der untergehenden Sonne. Dabei weiß ich längst, dass nichts mehr so sein wird, wie ich es in Erinnerung habe. Casablanca war all die Jahre mein gedanklicher Zufluchtsort. Jetzt will ich ihn mit dir teilen, weil wir mehr brauchen, als ein paar Betten in anonymen Hotelzimmern. Das alles hat nichts mit Jonas zu tun."

„Aber du denkst an ihn, seit wir durch das Etschtal gefahren sind. Ist es deine Jugend, der du nachtrauerst?"

„Nein, Jonas ist tot. - Irgendwo in der Nähe von Trento haben wir auf der Rückfahrt von Afrika im Wald unter freiem Himmel übernachtet. Wir hätten auch nach Hause fahren können, in warme Betten, mit einem Dach überm Kopf. Aber das wollten wir nicht. In der Nacht fing es an

21

zu regnen. Wir sind einfach liegen geblieben, bis die Schlafsäcke völlig durchnässt waren. - Manchmal denke ich, wenn ich dich ansehe, an eine Freundin, die mich kurz vor Antritt der Reise verlassen hatte. Zurück, noch trunken von den Bildern Nordafrikas, habe ich ihr eine Ausgabe der *Du*, einer Schweizer Kunstzeitschrift, geschickt. Sie brachte einen Artikel über Fez mit atemberaubenden Bildern. Die Zinnen der Stadt, glänzend im Schein der untergehenden Sonne. Bilder einer verlorenen Kultur. Später, als ich meine Freundin daran erinnerte, ihr von den stinkenden Gerbereien der Stadt erzählte, hat sie sich geekelt. - Warum erzähle ich dir das? Weil du wissen willst wer ich bin. Dabei bin ich nur ein Bündel an Geschichten. Keinesfalls der Halbgott, der tagaus, tagein am Operationstisch steht und Leben rettet."

„Das weiß ich schon lange."

„Und ich will mit dir keine Fehler machen, weil ich sie nicht mehr ausbügeln kann. Du sollst wissen, wie viel mir die Reise mit dir bedeutet. Ja, ich bin verunsichert, bilde mir ein, wir hätten alle Zeit der Welt, dabei ist es wieder nur ein Augenblick, von dem ein paar Fotos übrigbleiben."

„Hast du Angst, Karl, dass ich dir zu nahekommen, und dir einen Spiegel vorhalten könnte?"

„Ich weiß es nicht. - Heute Nacht, wenn ich zu laut schnarche, wirfst du mich einfach aus dem Bett", lacht er.

„Worauf du dich verlassen kannst. Lass uns die Reise genießen, hilf mir nur manchmal, damit ich verstehe was gerade in dir vorgeht."

Vielleicht sollte ich ihr vor dem Ultraschall erzählen, denkt er. Aber dann will sie, dass wir umkehren, als würde das etwas ändern.

Nach dem Essen fährt Nora, und sie schaffen es am späten Nachmittag bis Orbetello.

Als sie den Damm zum Argentario überqueren, das Meer riechen und die Halbinsel an Kontur gewinnt, fühlt sich Karl als käme er nach Hause.

In Porto Ercole finden sie ein kleines Hotel direkt am Hafen. Sie laden das Gepäck aus und setzen sich mit einer Flasche Rotwein an die Uferpromenade. Bei der Hälfte der Flasche fragt Nora unvermittelt, als hätte sie die ganze Zeit mit sich gerungen, ob sie es noch einmal anschneiden soll. „Warum glaubst du, dass er sich umgebracht hat?"

„Jonas?"

„Ja, gibt es noch andere Selbstmörder in deinem Leben?"

„Luigi. Bei Jonas weiß ich nicht, ob es wirklich Selbstmord war. Motorräder sind gefährlich, ein Moment der Unachtsamkeit, die Gedanken woanders, die Geschwindigkeit zu hoch und auf einmal kommst du nicht mehr aus der Kurve. - Ohne den Baum wäre er wohl nur im Straßengraben gelandet und hätte sich ein paar Knochen gebrochen. So hatte er keine Chance. Andererseits war er ganz schön außer Balance. - Luigi hat sich erhängt, aber das sagte ich bereits."

„Jonas, hat er dich bewundert?"

„Nein, ganz bestimmt nicht. Vielleicht dachte er... ach lassen wir das."

„Du hast eine Bürgschaft erwähnt. Glaubst du, du trägst eine Mitschuld an seinem Tod?"

Ich habe versagt, denkt Karl, hätte ihn zur Rede stellen müssen, als er immer fahriger wurde. Sie fanden all die Medikamente in seiner Wohnung, Schmerzmittel, Beruhigungsmittel, Schlaftabletten, Tabletten gegen Angstattacken. Er muss sie durcheinander genommen haben, ohne zu wissen, was sie mit ihm anstellten. Wahrscheinlich war sein Tod nur noch ein letzter verzweifelter Fluchtversuch vor sich selbst. „Nein, ich glaube nicht. Ich denke nur gerade sehr viel an ihn. Das hängt mit unserer Reise zusammen." Karl nimmt einen Schluck Wein und weist mit dem Glas auf das Fort in der Einfahrt zum Hafen. „Dort drüben haben schon die Medicis gekämpft, als sie noch Macht wollten, und nicht nur frisches Geld für ihre Banken."

„Du magst Geschichte?"

„Ja, und Geschichten, die darin verborgen sind", lacht er. „Ist aber nur das Dilettieren eines gelangweilten Chirurgen. Stell dir vor, die Medici hätte es nicht gegeben, und Europa hätte sich erst in der Aufklärung daran erinnert, dass es eine Antike gab, und dass die Erde um die Sonne kreist. Und die Mauren säßen immer noch in Spanien. Dieses ganze Theater, das sich jetzt in immer neuen Varianten im Nahen Osten entfaltet, wäre uns vielleicht erspart geblieben. Solche Sachen gehen mir manchmal durch den Kopf."

„Hast du Angst, dass wir Probleme kriegen?"

„Nicht wirklich. Wir fahren von Tunesien nach Westen, Algerien, Marokko, sie sind ruhig, aber so ganz sicher kann

24

man nie sein. Mach dir trotzdem keine Sorgen, ich schlüpfe in meine Rüstung und beschütze dich, wie ein wahrer Ritter."

Sie strahlt und schüttelt ungläubig den Kopf, als wäre es das Letzte, was sie erwartet hat. „Mein geliebter Träumer", sagt sie versonnen. „Du bist total verwandelt."

„Weil du mich für drei Wochen aus dem Operationssaal gelockt hast", lacht er. „Schon nach einem Tag fange ich an zu faseln. - Spaß beiseite, bitte versprich mir, dass du mich nach Casablanca bringst, egal was passiert."

Sie wiegt bedenklich den Kopf, als handle es sich um eine schwere Bürde. „Ich werde dich wie ein rohes Ei behandeln", sagt sie schmunzelnd. „Und wenn wir in Casablanca sind, schlagen wir es auf."

Für eine Weile sieht er in sich versunken aufs Meer. Dann sagt er übergangslos: „Du hast noch nie über deine Familie gesprochen. Warum? Es interessiert mich."

„Das hat Zeit, wir haben eine lange Strecke vor uns. Lass uns gehen, mir wird kalt."

⨯*⨯*⨯⨯⨯⨯⨯⨯⨯⨯⨯⨯⨯⨯

Nach langer Fahrt entlang der Küste Siziliens, sitzen sie im Hafen von Palermo und warten darauf eingeschifft zu werden. Das Auto kocht in der Hitze, als der Abfahrtstermin erneut verschoben wird. Enttäuscht suchen sie sich eine Bar am Rand des Hafens, um in Ruhe abzuwarten, was als nächstes passiert.

Karl ist froh, dass Nora nicht auf einer Besichtigungstour durch Italien bestanden hat. Lauter Plätzen, die er früher mit seiner Frau besuchte. Er will den Neuanfang, und weiß doch, dass es ihn nicht geben kann. Nicht in meinem Alter, denkt er, als er Nora betrachtet, wie sie entspannt an ihrem Bier nippt.

„Ich habe dich noch nie Bier trinken sehen."

„Ich hatte Durst. Wie lange, glaubst du, wird es dauern, bis wir aufs Schiff dürfen?"

„Keine Ahnung. Wir sollten uns auf alle Fälle mit Geduld wappnen. Die werden wir auch brauchen, wenn wir auf der anderen Seite angekommen sind."

„Wird es so schlimm?"

„Damals war es ein echter Bruch. Von Europa auf einmal keine Spur mehr. - Gehe ich dir auf die Nerven mit meinen Rückblenden?"

„Keineswegs. Ich fände es seltsam, wenn wir nicht darüber sprächen."

Es war alles anders, roher, beschwerlicher, denkt er. „Was hast du gemacht, als du zwanzig warst?"

Nora antwortet nicht gleich. „Du hast so viel mehr erlebt", sagt sie schließlich. „Bei mir war es hauptsächlich Berlin, ein paar Reisen, ein Hotel dort, ein Strand hier, nichts Besonderes. Manchmal mit einem Mann, der mir wenig bedeutete. Mit dir ist es anders, aber ich weiß noch nicht was es ist."

Vielleicht gehöre ich nach dieser Reise auch zu den Männern, die sie abhakt, denkt Karl. Es stört mich nicht. Früher hätte es mich umgebracht, einer von Vielen in ihrem Harem zu sein. Bei ihr klingt alles so einfach, ein Mann, ein Bett, dabei ist sie gar nicht oberflächlich.

„Warum willst du unbedingt nach Casablanca? Für mich ist es eine Stadt wie jede andere, vermutlich staubiger und heißer als die meisten. Ist es wirklich nur wegen des Films?" Sie wartet die Antwort nicht ab und deutet auf die Autoschlange, die sich langsam in Bewegung setzt. „Sieht aus, als ginge es los, wir sollten uns aufmachen."

„Schneller als ich dachte." Karl steht auf und legt einen größeren Schein unter sein Bierglas. Nora trinkt aus und hakt sich bei ihm unter. Auf dem Weg zum Auto sagt Karl. „Der Film ist es nicht. Casablanca hat sich in mein Unterbewusstsein geschlichen, vermutlich, weil wir es nicht geschafft haben dorthin zu kommen. Wir wollten nach Fez, dort mussten wir uns entscheiden, entweder an den Atlantik oder zurück nach Algerien ans Mittelmeer." Er nimmt sie bei den Schultern, dreht sie zu sich und küsst sie auf den Mund. „Danke, dass du mitgekommen bist. - Willst du auf die Fähre fahren?"

„Nein, lieber du, ich habe zu viel Respekt vor diesem Monster-Schiff. - Vor Jahren war ich mit einem Freund unterwegs, von Piräus nach Heraklion. Wir hatten wenig Geld und nahmen einen Frachter. Ein richtiges Schiff, vollgestopft mit Menschen und Gepäck. Auf halber Strecke kam ein Sturm auf, und alles stürzte durcheinander, Gepäck, Tiere, Menschen. Die meisten Passagiere bekamen grüne

Gesichter und mussten sich reihenweise übergeben. Doch viele schafften es nicht bis zur Reling. Trotz der scharfen Brise roch das Schiff fürchterlich nach Erbrochenem. Ich ging nach ganz vorne an den Bug, um dem Gestank zu entkommen. Die Wellen rollten direkt auf mich zu, weiße Schaumkronen, meterhoch, soweit ich sehen konnte. Das Schiff hob und senkte sich, wie ein wild gewordener Fahrstuhl. Es war grandios. Ich hätte nie gedacht, dass das kretische Meer so wild sein könnte. Als ich patschnass zurück kam war auch mein Freund grün wie ein Apfel. Für den Rest der Reise war er zu nichts mehr zu gebrauchen."

Gut, denkt Karl, zu nichts zu gebrauchen. „Und du, wirst du nicht seekrank?"

„Nein, Bewegung macht mir nichts aus."

Abends auf dem Oberdeck, sie haben eine windstille Nische gefunden, kommt Nora auf Casablanca zurück. „Was fasziniert dich so an der Stadt?"

Er scheint die Frage überhört zu haben, als er die rosa Wolken am Horizont betrachtet, die sich langsam in ein bleiernes Grau verfärben, das nahtlos mit dem Meer verschmilzt. „Damals sah der Himmel ähnlich aus", weist er auf den Himmel. „Sie sagten, es würde eine stürmische Überfahrt geben, also banden wir unsere Schlafsäcke an der Reling fest, damit wir nicht über Bord gingen. Es war dann aber nicht so schlimm, nur feucht und salzig. - Casablanca? Keine Ahnung, vielleicht doch wegen Humphrey Bogart. Als Teenager wollte ich immer so sein wie er, dabei ist mir das Turteln mit der Bergmann eigentlich auf den Geist gegangen. - Wenn wir dort sind, bin ich wahrscheinlich furchtbar enttäuscht."

„Den Film, dieses Macho Gehabe der Männer, fand ich völlig überzogen. Es hieß, es wäre eine klassische Liebesgeschichte mit Schmerz, Verrat und Verzicht, ok, dabei gefiel mir der Klavierspieler am besten. Hast du gewusst, dass der ganze Film in einer Studio-Kneipe gedreht wurde, und Humphrey Bogart nur in Großaufnahme oder von schräg unten gefilmt werden durfte, um zu verschleiern wie klein er in Wirklichkeit war. - Ich wusste nicht, dass Männer deines Schlags andere Männer cool finden."

„Was meinst du mit: Männer meines Schlags?" fragt er leicht irritiert.

„Männer, die es geschafft haben, nach ganz oben zu kommen", sagt sie ruhig. „Bei unserem Interview hast du erzählt, wie schwer dir der Aufstieg fiel."

Sie fragt sich vielleicht, wie viele Mitbewerber ich aus dem Weg räumen musste, denkt er. Dabei ist ‚Oben' gar kein Ort, nur so ein Gefühl. Aber das versteht sie nicht. Es lohnt sich nicht darüber zu reden. „Ich gehe gern ins Kino, dabei ist mir egal, ob es Studio- oder Außenaufnahmen sind. Männer gefallen mir, die für einen Moment die Zigarette richtig halten, oder etwas sagen, das mir nie einfallen würde." Er lacht verlegen, als wäre ihm peinlich, was er gerade gesagt hat. „Dabei weiß ich natürlich, dass die Drehbuchautoren jeden dieser coolen Sprüche stundenlang hin und her gewälzt haben, bis er richtig sitzt."

„Wirst du gern hinters Licht geführt?", neckt sie ihn, und lehnt den Kopf an seine Schulter.

„Ich mag Märchen, vielleicht weil es für mich als Junge keine gab. Und ich liebe Träume, die Bilder transportieren und neue Bilder im Kopf entstehen lassen. So wie das, was gerade mit uns geschieht. - Die letzte Nacht war berauschend."

„Wie eine gute Flasche Champagner. Und jetzt, werde ich in deine Bildergalerie aufgenommen?" fragt sie leichthin, doch auf einmal kriecht Traurigkeit in ihre Stimme. „Soll ich mich anpassen, damit du mich weiter magst?"

„Wie kommst du denn darauf?" Er wirkt ehrlich verblüfft, will sie berühren, lässt es aber. „Du bist mein Leben, Nora."

„Tut mir leid, es war keine gute Idee. - Manchmal verstehe ich dich nicht, du bist weit komplizierter, als du mir zeigen willst."

„Nein, Nora, ich versuche nur die richtigen Wörter zu finden, aber es gelingt mir anscheinend nicht."

„Ist gut", sagt sie, und legt ihm den Finger auf den Mund. „Als sie das Schiff beluden, kam mir die Sintflut in den Sinn. Noah an der Reling, wie er die Tiere beobachtet, die in Zweierreihen auf einer Planke aufs Schiff marschieren."

Karl zieht eine Grimasse, die langsam in ein Lächeln übergeht. „Eine seltsame Vorstellung. Dann magst du wohl auch diesen Gott, den uns Michelangelo auf die Decke der Sixtinische Kapelle gezaubert hat. Ein Rauschebart, zuverlässig und berechenbar. - Woher hast du solche Bilder, ich dachte du bist Jüdin."

Sie zögert einen Moment, ohne ihn anzusehen. „Das eine hat mit dem andern nichts zu tun", sagt sie schließlich, einen Tick zu scharf. „Meine Mutter hat mich auf ein katholisches Internat geschickt. Vermutlich wollte sie alles Jüdische in mir ausradieren. Ist ihr aber nicht gelungen. Mir gefällt ein Rauschebart als Gott, weit besser, als ein großes schwarzes Loch. Ich brauche Bilder, und die Sintflut gehört ins Alte Testament, daraus bedienen sich die Juden und die Christen gleichermaßen."

„Und die Muslime", wirft Karl ein.

„Ja, die auch. - Anscheinend hast du dieselben Bilder im Kopf, wie ich."

Er nickt und lächelt. „Anscheinend. - Ich war bei den Jesuiten und kann mich immer noch nicht entscheiden, ob ich sie hassen oder bewundern soll. Inzwischen ist es mir eigentlich egal."

„Kennst du eine Zeit, in der die Menschen ohne Gott ausgekommen sind?"

„Nicht, dass ich wüsste." Er zögert kurz, und fügt dann hinzu: „Die Naturvölker vielleicht, sie brauchen keinen Allmächtigen. Die Allmacht ist das Problem in meinen Augen, sie bringt die Menschen gegeneinander auf."

„Wir beide brauchen uns also nichts vorzuwerfen. - Wie lange dauert die Überfahrt?", wechselt sie das Thema.

Allmacht, denkt er. Du weißt nicht, wie es sich im Operationssaal anfühlt, wenn du für ein paar Stunden Herr über Leben und Tod bist. „Die ganze Nacht, gegen Mittag sind wir in Tunis. Die Nacht soll klar bleiben, hat der Steward gesagt. Kein Grund sich irgendwo anzuketten."

„Ich bevorzuge unsere Kajüte", lacht Nora. „Angekettet an der Reling unter einem Rettungsboot liegen ist nicht so mein Ding."

„Für mich auch nicht mehr. - Es gibt nur ein paar Schwarzweiß Bilder von der Reise", sagt er versonnen. „Jonas, verschwitzt am Straßenrand, den zerrissenen Strohhut nach hinten geschoben. Ein Eselkarren voller Weintrauben, der Bauer darauf zahnlos, mit einem Gesicht wie eine Mondlandschaft. Das Kind in Meknes, die Augen übersät von einem Schwarm schwarzer Fliegen."

„Wir werden uns neue Bilder schaffen", sagt sie bestimmt.

„Ja, in Karthago fangen wir an. - Als Junge verschlang ich alles über Hannibal, alles was ich kriegen konnte. Seine Alpenüberquerung, die Bilder der Elefanten in den Eismassen des Julierpasses, unglaublich. Und auf einmal lagen wir inmitten der Ruinen Karthagos, direkt am Meer. Das Geräusch des auf den Strand auflaufenden Wassers tönte in meinen Ohren wie das Murmeln der getöteten Krieger."

****

In Kairouan, der alten Stadt der Annawanen, will Karl die Zentralmoschee sehen, doch als sie sich dem Gebäudekomplex nähern, merkt er, wie nervös Nora wird. Sie hat etwas, denkt er, so unsicher und ängstlich kenne ich sie nicht. Auf den letzten Metern durch die Altstadt, bedrängt von aufdringlichen Händlern, wird es ihr zu viel. Sie will, dass er sie zurück ins Hotel bringt. Auf seine besorgten Fragen antwortet sie nur mit einem Kopfschütteln.

Er spürt, dass sie allein sein will, und schlendert verwirrt durch die Souks, bis er bei einem Teppichhändler hängen bleibt. Eher beiläufig beginnt er um einen Gebetsteppich zu feilschen, und nach einigen Tassen Pfefferminztee und viel hin und her über den Preis kauft er ihn für Nora.

Ihr gefällt das Stück. „Ein arabischer Gebetsteppich für eine Jüdin", lacht sie. Dann bittet sie Karl, mit ihr hinaus in die Wüste zu fahren.

Sie parken das Auto am Fuß einer kahlen Felsformation und steigen bis zu einer Stelle von wo sie die nächtliche Stadt sehen können. Stille umgibt sie, als sie auf das Meer blinkender Glühwürmchen sehen. Nora nimmt Karls Kopf in beide Hände und küsst ihn. „Ich hatte Angst in diese Moschee zu gehen, aber ich wollte es dir nicht zeigen. Ich fürchtete, dass sie mich als Jüdin erkennen. Der ganze Albtraum der Nazis schwappte in mir hoch."

„Wegen einer Moschee?"

Sie zuckt nur mit den Schultern. „Was weiß ich, was es auslöst."

„Und jetzt?"

„Jetzt ist es gut. Morgen können wir hingehen. Es war nur ein Moment des Verlorenseins."

Er schüttelt den Kopf. „So komplizierte Gedanken", sagt er nachdenklich, reicht ihr die Hand und zieht sie hoch. „Lass uns gehen. Du wirst die Moschee mögen, sie ist eine der wichtigsten in ganz Arabien."

****

Der Grenzübertritt nach Algerien verläuft problemlos, und am späten Nachmittag erreichen sie Algier. Über Noras Judentum haben sie kein weiteres Wort verloren. Doch Karl ist noch nicht fertig damit. Keiner erkennt sie als Jüdin unter ihrem Kopftuch, denkt er, und versucht sie auf andere Gedanken zu bringen, während sie in einem Café in der Nähe des Hafens sitzen und die Menschen auf der Straße beobachten. „Hier in Algier herrschte damals eine undefinierte Spannung, die ich nicht einordnen konnte. Wir waren jung und hatten eigentlich von nichts ne Ahnung. Erst später begriff ich, dass die meisten Algerier noch mit ihren Traumata aus dem Bürgerkrieg beschäftigt waren. - Möchtest du noch einen Pernod?"

„Danke, ich bin schon leicht betrunken."

Er winkt dem Kellner und bestellt einen Espresso. „Für dich auch?", fragt er Nora.

„Ja gern."

„Ich hatte Camus gelesen und sah seine Figuren überall", erzählt er übergangslos weiter. „Mir war, als sähe ich die harte, weiße Sonne, die er beschreibt. Sähe den Hass der Araber in ihren Augen. Ich mochte die Stadt nicht, und heute mag ich sie immer noch nicht."

34

„Dann lass uns fahren. Es hält uns nichts hier, mich schon gar nicht." Nora scheint erleichtert, schnellstmöglich wegzukommen.

„Dabei konnte sich Camus ein Algerien ohne Franzosen gar nicht vorstellen", fährt Karl unbeirrt fort, als hätte er ihre Bemerkung nicht gehört. „In seinen Romanen haben die Araber keine Namen und keine Gesichter. Sie werden erschossen, verhaftet oder stehen bedrohlich auf der Straße. Wahrscheinlich sehe ich die Stadt immer noch durch seine Brille." Er sagt es eher entschuldigend, und steht auf, nachdem er bezahlt hat.

****

Auf dem weiteren Weg nach Fez laden Bauern neben der Straße Körbe voll blauroter Trauben auf einen zweirädrigen Karren. Karl parkt und sagt: „Ich hole uns welche, willst du mitkommen?"

„Nein, ich bleibe lieber im Auto."

Er geht quer über das trockene Feld zu den Bauern, die ihn misstrauisch betrachten. Als er darum bittet ein paar Trauben kaufen zu dürfen, führt das zu großer Konfusion. Für eine Weile reden alle wild durcheinander, ohne dass Karl versteht, um was es geht. Schließlich schüttet ein Junge seinen frisch gepflückten Korb in eine Plastikschüssel und reicht sie Karl. Als der bezahlen will, bedeutet ihm der alte Bauer, dass es ein Geschenk sei. Zurück am Auto meint Karl: „Es sind zu viele Trauben, aber ich hatte Angst die Araber zu beleidigen, wenn ich ablehne. Haben wir eine Tüte, in die wir die Trauben füllen können?"

35

„Eine Tasche, ich kann sie umschichten. Du solltest ihnen aber irgendetwas anbieten."

„Ich versuch's nochmal mit Geld, wenn ich die Schüssel zurückgebe."

„Aber pass auf", ruft sie ihm hinterher.

Am Ende eines längeren Disputs mit großen Gesten übergibt Karl schließlich ein paar Scheine und kehrt mit breitem Grinsen zurück. „Sie haben akzeptiert", sagt er lachend.

Später, bei der Einfahrt nach Fez, taucht die untergehende Sonne die Silhouette der Stadt in ein weiches ockerfarbenes Licht. Die Mauern schweben wie losgelöst über der Erde. Karl hält an und weist auf das dunkler werdende Bild. „Magisch, findest du nicht. Für mich das Inbild der Fata Morgana. Jetzt bin ich auf die Altstadt gespannt. - Du bist so verschlossen seit der Begegnung mit den Bauern. Ist es immer noch der Konflikt zwischen Arabern und Juden? Wir sollten heute Abend ausführlich darüber reden, ich spüre, wie es in dir rumort."

Sie parken das Auto in einer Garage und ein kleiner Junge bringt ihr Gepäck auf seinem Esel für ein Trinkgeld ins Hotel. Ein umgebauter Palast mit wundervoll luftigen Räumen, die sich in einen großzügigen Innenhof öffnen. Später am Abend wird hier ein Flamenco Ensemble aus Sevilla auftreten, sagt der Mann am Empfang.

„Wollen wir hingehen?", fragt Nora.

„Ja, gern. Ich besorge uns Karten."

Ihre Plätze liegen direkt vor der Bühne, schwarz, in der Mitte der Gitarrist, allein auf einem Stuhl im Fokus der Scheinwerfer. Akkord um Akkord ringt er sich ab, als suche er noch den Zugang zur Musik. Eine Tänzerin tritt auf. Im enganliegenden Kleid mit Schlepprock steht sie lange unbeweglich neben dem Gitarristen, untermalt nur gelegentlich sein Spiel mit einem gutturalen Dalé.

Dann, begleitet von der Musik, singt die Frau von Leid, Liebe und Hass, mit einer Inbrunst, als ginge es um ihr Leben. Die Hände auf Höhe des Gesichts klatschen scharf und rhythmisch, die Augen geschlossen, als könne sie die Bilder, die sie in Töne verwandelt, nur in der Dunkelheit sehen. Weite Ebenen im Süden Spaniens, hart und staubig der Boden unter den schweren Stiefeln sonnenverbrannter Arbeiter.

Ein schwarz gekleideter Mann tritt aus der Dunkelheit. Die schulterlangen Haare glänzen im Scheinwerferlicht. Seine mit Eisen bewehrten Absätze explodieren auf dem hölzernen Boden, während die Arme über dem Kopf hängen, als wären sie in der Gewalt eines Puppenspielers. Die Frau singt mit wachsender Intensität. Sie steigert das Stakkato und blendet ein in den Wirbel der Beine des Mannes. Die Schleppe ihres Kleids wird zur Muleta, er zum Stier.

Nach der Aufführung sitzen sie lange schweigend in der Bar, bis Karl fragt: „Was denkst du?"

„Großartig", sagt Nora. „Ihre Lieder, alles, was sie darin beschreibt war wunderbar. Ich habe El Greco, mehr aber noch die Bilder Murillos gesehen."

Er nickt und presst ihre Hand. Mein altes Leben liegt hinter mir, denkt er. Ich werde nicht wieder zurückkehren.

Später im Zimmer lieben sie sich, als wäre es ein krimineller Akt. Er hält sie in der Taille, halb Weib, halb Gefäß in das er sich ergießt. Sie kollabieren in Strömen von Schweiß.

Er erwacht, als eine Brise die Gazevorhänge bläht, weiß nicht, wo er sich befindet. Sie scheint zu schlafen, kaum atmend. Er betrachtet ihre Nacktheit voller Bewunderung. Langsam kriecht ihre Hand aus den Betttüchern, berührt ihn und schließt sich leicht um sein Glied.

„Ich habe die falsche Frau geheiratet", sagt er.

Sie legt sich auf ihn, das Gesicht auf seine Brust geschmiegt, kaum dass er ihr Gewicht spürt. Mit den Händen tastet er den schlanken Rücken, die Rundung der Hüften ab. Als er in sie eindringt, den Rhythmus der Bewegung langsam steigert, reagiert sie hungrig, will mehr. Draußen wacht die Straße auf, aus den Nachbarräumen dringt kein Laut.

Sie geht ins Bad, kommt zurück und kriecht wieder ins Bett. „Karl."

„Ja?"

„Darf ich dich etwas ganz persönliches fragen?"

„Was immer du willst."

„Wenn Männer eine Affäre haben, schlafen sie dann trotzdem mit ihren Frauen?"

38

„Keine Ahnung, vermutlich schon. Solltest du auf mich anspielen, trifft es nicht zu. Meine Frau macht sich nichts aus Sex, vielleicht hat sie einen Liebhaber, es interessiert mich nicht."

„Schade. Ich hatte gehofft, es wäre ich."

„Aber du bist es doch. Spürst du das nicht?"

„Doch, aber ich bin mir nicht sicher. War es nie, bei keinem Mann. Vielleicht, weil ich meinen Vater so früh verloren habe. Vielleicht denkt etwas in mir, dass Männer so handeln müssen. Einfach weggehen, wenn man sie am meisten braucht."

„Ich werde nicht weggehen", sagt er, und streicht ihr mit dem Finger über die Brust bis zum Nabel. „Erzähl mir von deinem Vater."

Nora legt sich auf die Seite, er spürt ihre Wärme. „Ich glaube, ich gebe ihm die Schuld an meiner Zerrissenheit. Manchmal denke ich, er hätte keine deutsche Frau heiraten und jahrelang in Deutschland leben dürfen. Die Erinnerung an Auschwitz könne er nicht wegwischen, sagte er, als er nach Israel ging, um im Yom Kipur Krieg zu kämpfen. Jetzt habe sein Leben einen Sinn, schrieb er in einem letzten Brief. Drei Tage später hat ihn eine Panzergranate zerrissen."

„Wie alt warst du, als er euch verließ?"

„Acht. Ich habe es geliebt neben ihm zu sitzen, während er mir auf der Gitarre selbst gedichtete Lieder vorsang. Er war Stuntman, er brauchte nicht in den Krieg, um sich zu beweisen. Er hätte bei uns bleiben, und bei einem Stunt ums Leben kommen können. Alles wäre besser gewesen, als dieses anonyme Sterben in einer feindlichen Wüste."

„Bist du deshalb mit mir gefahren, weil du die Wüste sehen wolltest. Weil du wissen wolltest, wie er starb?"

„Nein, ich wollte mit dir zusammen sein."

„Weil ich fast so alt bin, wie er heute wäre?"

„Nein, du bist anders, hast mit Vater nichts gemein. Dabei mache ich denselben Fehler wie Mutter: Verliebe mich ausgerechnet in einen Deutschen."

Er dreht sich zu ihr und küsst sie auf beide Augen. „Wie hat sie reagiert, als er ging?"

Fröstelnd kuschelt sie sich tiefer in seine Armbeuge. „Sie hat es nie verwunden. Sogar die interkonfessionelle Schule, die Vater für mich ausgewählt hatte, musste ich für ein katholisches Internat eintauschen. Es war furchtbar. Als ich sie fragte, weshalb, sagte sie, sie müsse alles Jüdische in mir austreten, es brächte mich um, wenn ich älter würde."

„Und ist es gelungen?"

„Nein, wie du ja merkst."

„Ich glaube, du hast nie verwunden, dass dein Vater euch verlassen hat. Aber das hat er nicht, bestimmt nicht." Karl wirkt nachdenklich, als er seinen Arm unter ihrem Körper hervorzieht. Er stützt sich auf den Ellenbogen und betrachtet das schwarze, verstrubbelte Haar Noras, ihre glatte, kupferfarbene Haut. „Vermutlich konnte dein Vater nicht anders handeln. Du solltest stolz auf ihn sein."

„Stolz?", fragt sie. Mit einer lästigen Handbewegung wischt sie eine Träne weg. „Mutter sagte, er hätte ein anderes Leben gewählt."

„Nein, Nora, er hat nur den Krieg gewählt, weil er sich seinem Land verpflichtet fühlte. Das ist etwas anderes, als sich heimlich davonstehlen. - Ich bin auf einmal todmüde, lass uns morgen weiterreden." Er versucht sich aufzurichten, doch ihn schwindelt. Er erinnert sich an seine Kindheit nach dem Krieg, seine Mutter, die Eiskristalle an den feuchten Wänden. Nora macht mir keine Vorwürfe wegen des Leids, das wir Deutsche den Juden zugefügt haben, denkt er, bevor ihm dunkel vor den Augen wird.

„Was ist mit dir, Karl, du bist so blass", hört er Noras Stimme aus weiter Ferne.

„Vor ein paar Minuten, als ich dir zuhörte, dachte ich noch, es wäre nur eine kleine Schwäche, weil ich dir so restlos verfallen bin. Jetzt weiß ich, was es ist. In mir ist etwas gebrochen, das ich seit Jahren mit mir herumschleppe", sagt er fast erleichtert.

„Warum sagst du so etwas?", fragt sie entsetzt.

„Weil ich sterben werde."

„Was redest du, du hast dich überanstrengt. Es ist nur eine vorübergehende Schwäche."

„Nein, meine Liebe, ich habe eine inoperable Ausbuchtung meiner Beckenaorta, und die ist jetzt wohl geplatzt. Ich verblute gerade innerlich. - Ich wusste immer, dass es ohne Vorwarnung passieren würde. Versuch erst gar nicht einen Arzt zu rufen, er käme sowieso zu spät. Wenn es vorbei ist, wird er das Aneurysma bestätigen. Hilf mir bitte mich aufzusetzen, und bring mir den Morgenmantel. Ich möchte nicht nackt gefunden werden. Sag ihnen, dass ich schon tot war, als du aus dem Bad kamst. Sie werden mich obduzieren, und sehen, was es ist."

„Karl, bitte, ich bringe dich ins Hospital, du bist stark, du wirst überleben."

„Es tut mir leid", sagt er stockend, kaum noch zu verstehen.

Lagos

Zeit bedeutet wenig in Lagos, denkt er, als er bereits seit zwei Stunden auf die Postministerin wartet. Sie hat ihn eigens in ihr Haus bestellt, um das Programm durchzusprechen. Ungewöhnlich. Irgendetwas wird sie vorschieben, falls sie überhaupt kommt, denkt er. Er hasst seinen Job, wenn er seine Abhängigkeit nicht mehr leugnen kann.

Um sich zu entspannen, sieht er sich im Zimmer um. Alles zu überladen, denkt er: Wuchtige Polstermöbel mit ihren groß gemusterten Schutzüberzügen lassen den kleinen Raum noch enger erscheinen. Ein alter Sekretär steht in der Ecke. Darauf die Kopie einer chinesischen Vase mit Blumen aus Plastik. Die Steinplatten des Bodens sind uneben zusammengefügt. An der Decke dreht sich träge ein Ventilator. Wie ihn die Engländer in ihren Kolonien benutzten, denkt Acker. Bevor mit der Unabhängigkeit das nervtötende Röhren der Fensterkühler von Carrier begann.

Acker spürt, wie ihm die Hitze zusetzt, er möchte schlafen, aber die Wut über ihre Verspätung hält ihn wach.

Zum Zeitvertreib versucht er die Umgebung mit der Ministerin in Einklang zu bringen. Bisher hat er sie nur in ihrem Büro getroffen. Sie gefiel ihm sofort in ihrer souveränen Mütterlichkeit, gepaart mit praktischer Intelligenz. Wenig Details, wie sie Männer fragen, um ihre eigene Sachkenntnis herauszustellen. Immer das große Ganze im Blick behalten. Für sie war wichtig, dass das Netz funktionieren würde. Auch deshalb hatte sie eine deutsche Firma gewählt, weil ihr die Engländer gerne große Erklärungen gaben, warum etwas nicht funktionierte, als wäre Nigeria immer noch ihre Kolonie.

Sie muss Ende 40, Anfang 50 sein, denkt er. Mit ihrem formidablen Busen und dem ausladenden Hintern gilt sie als schöne Frau. Ihre malerischen Kopftücher lassen sie wie eine westafrikanische Marktfrau erscheinen, dabei hat sie in London studiert.

Plötzlich hört er sie. Im Nebenraum fragt sie den Diener, ob er noch da ist. Acker versteht wenig, hört nur seinen Namen, der aus dem Yoruba wie ein Fremdkörper heraussticht.

Als sie durch den Perlenvorhang tritt, der das Empfangszimmer vom Rest der Wohnung abtrennt, sieht er ihre Müdigkeit. Hinter ihr steht ein Mädchen, offensichtlich verstimmt über das, was zwischen ihr und der Frau vorgefallen ist.

„Hallo Mister Acker, ich hoffe sie mussten nicht zu lange warten, aber ich hatte noch einen kleinen Disput mit meiner Tochter Christina. Würde es Ihnen etwas ausmachen sie anschließend mit in die Stadt zu nehmen? Ihr Haus liegt an der Strecke nach Apapa. Da wohnen Sie doch, wenn ich mich recht erinnere."

„Ja, natürlich. Ich nehme sie gerne mit." Erst als er Christina die Hand reicht, sieht er sie richtig an. Was ist das, denkt er, eine Frau, ein Versprechen, das von innen heraus zu strahlen scheint? „Mein Gott, ist sie schön", entfährt es ihm verblüfft.

Die Mutter schmunzelt, als wäre sie daran gewöhnt solche Komplimente zu hören. Christina dagegen betrachtet ihn eher misstrauisch, als könne sie wenig mit der Bemerkung anfangen.

Die nächste halbe Stunde erläutert er unkonzentriert der Ministerin den Neubau des Postgebäudes. Sie akzeptiert die Pläne, ohne groß ins Detail zu gehen, wohl auch, damit er noch rechtzeitig vor der Dunkelheit ihre Tochter nach Hause bringt. Die ganze Zeit geht ihm das Mädchen nicht aus dem Kopf.

Als Christina in den Peugeot steigt, sieht er ihre langen, gepflegten Hände, die wunderbar geformten Fingernägel, die ebenholzfarbene Haut. Sie verströmt die Gelassenheit einer zufriedenen Raubkatze. Er spricht viel während der Fahrt, belangloses Zeug, aber es scheint sie zu interessieren. Sie lacht gerne, und er findet es wunderbar ihr dabei zuzuhören. Als er sie zum Abendessen am nächsten Tag einlädt, nimmt sie sofort an.

Vor ihrem Haus dreht sie sich noch einmal um, winkt und kommt wieder zurück: „Sie dürfen es aber meiner Mutter nicht erzählen."

„Versprochen."

Auf der Rückfahrt, vorbei an den platt gefahrenen Straßenlampen, quer durch die Hütten und halb verfallen Häuser der Vororte Lagos' pfeift er zufrieden vor sich hin. Er liebt diese Stimmung, die Weichheit der Tropennacht, das erste Aufflackern der Straßenfeuer, gepaart mit den unverwechselbaren Gerüchen Afrikas. Er denkt an das erste Mal, als er nachts in Freetown aus dem Flugzeug stieg und die Luft ihn wie ein weiches, warmes Kissen umfing. Damals ahnte er nicht, dass ihn Afrika nie mehr loslassen würde.

An der Auffahrt zur Schnellstraße nach Apapa gerät er in einen Stau. Plötzlich reißen zwei Gestalten die Wagentür auf und drängen sich ins Auto. Es ist nutzlos sich zu wehren.

Als sie das Auto am nächsten Morgen in einer dunklen Gasse finden, ist er längst verblutet.

Die Krise

Er hat schon seit Tagen das Zimmer nicht mehr verlassen. Anfangs hatte er ab und zu den Wunsch nach Bewegung verspürt, nach Gras und Bäumen. Aber dann waren diese Wünsche weggegangen, wie Jemand, der vergeblich an einer Haustür klingelt. Wenn er Hunger hatte, bestellte er eine Pizza oder chinesisches Essen, das ins Haus geliefert wurde. Er machte nur kurz die Tür auf, bezahlte und nahm das Essen schweigend entgegen.

Mit der Zeit wurde ihm auch das Essen zu viel, weil er das mahlende Geräusch im Kopf nicht mehr ertrug. Es kam ihm vor, als dränge ununterbrochen etwas durch seine Gehirnschale. Jeder Bissen, den er hastig in sich hineinstopfte, erschien ihm wie das Füllen einer Abfalltonne, die dann in regelmäßigen Abständen geleert werden musste. Es graute ihn vor dem ganzen Vorgang, bis er merkte, wie wenig Essen er eigentlich brauchte.

Meistens saß er da und dachte nach. Dazwischen versuchte er zu lesen, aber dann vermengte er den Inhalt der Bücher, vergaß, was er gerade gelesen hatte. Dann stellte er sich vor, er wäre ein kleines Wesen, das, wie in einem Park, durch die Gänge seines Gehirns wanderte. Es fanden sich Abzweigungen, Ausbuchtungen und ganze Lichtungen, in die er sich setzen konnte. Wo es immer Jemand gab, der ihm eine Geschichte erzählte. Frauen waren es selten, aber es waren fast immer Geschichten aus seiner Kindheit. Doch wenn der Erzähler sich zu sehr an die Wahrheit hielt, ärgerte er sich und ging weiter, zu einer neuen Lichtung, wo er sich eine neue Geschichte erzählen ließ. Manchmal vergaß er auf seiner Wanderung, dass es Nacht wurde, und dann saß er in der Dunkelheit, und wunderte sich über den Untergang der Sonne und ihre tägliche Wiederkehr.

Selten brachte er den Mut auf darüber nachzudenken, warum es so war, wie es war. Er war zu feige, um mit sich zu rechten. Er dachte an die Leute im Büro, wie sie zu tuscheln begonnen hatten, als er immer schlechter rasiert zur Arbeit kam. Als er anfing, über Dinge zu reden, die sie nicht hören wollten, und er mitten im Satz abbrach, wenn er ihr Unverständnis bemerkte. Er dachte an seine Familie, die anfangs versucht hatte ihn aus seiner Einsamkeit zu reißen, aber dann doch einsah, dass es unmöglich war. Die Kinder verstanden es am allerwenigsten, sie wollten Liebe, brauchten Aufmerksamkeit, aber er hatte beides längst aufgebraucht. Als sie merkten, wie er sich immer weiter von ihnen entfernte, wandten sie sich ab.

Damals glaubte er, endlich frei zu sein, bis er begriff, dass er den Kokon, den er um sich gesponnen hatte, nicht mehr durchbrechen konnte. Am Ende hatte er gerade noch die Kraft, die kleine Wohnung anzumieten, in der er nun seit Langem saß.

Als sie die Tür aufbrachen, weil sich die Post vor der Tür gestapelt hatte, saß er übergebeugt in seinem Stuhl. Keiner ahnte, dass er sich auf der letzten Lichtung verspätet, und nicht mehr zurückgefunden hatte.

Die Flucht

Gierig nimmt die Hyäne den Geruch von frischem Blut auf. Sie ist hungrig, der Bürgerkrieg in Mozambique hat auch den Park nicht verschont. Wilderer, abgerissene Soldaten, überwinden regelmäßig den Zaun an der Grenze zu Südafrika und erlegen alles, was ihnen über den Weg läuft.

Im Schatten einer Dornenakazie rasten drei Menschen. Der Mann, hager und abgerissen, sitzt an einen Felsbrocken gelehnt und starrt verloren auf den Boden. Ein schwerer Stock liegt in Reichweite neben ihm. Eine Frau krümmt sich auf der nackten Erde, bei ihr ein Junge, vor Müdigkeit und Hunger grau im Gesicht. Mit einem schmutzigen Lappen versucht er die Fliegen von der klaffenden Wunde am Bein der Frau zu vertreiben.

Die Menschen riechen nach Schweiß und Angst.

Sapo, macht sich Vorwürfe, weil er die Flucht nicht besser geplant hat. Der Park sei kein großes Hindernis, hieß es, doch nun irren sie seit Tagen durch eine konturlose Buschlandschaft, ohne Schutz, ohne Essen mit nur noch ein paar Tropfen Wasser in der Plastikflasche.

Er hebt den blutigen Fetzen Stoff an, mit dem er versucht hat die Blutung seiner Frau zu stillen, und betrachtet die Wundränder, die sich gelblich verfärbt haben. Im Rücken spürt er die raue Rinde der Akazie durch sein verschwitztes Hemd. Ich hätte früher merken müssen, wie schwer die Verletzung ist, aber sie hat nicht geklagt, als sie die Kugel traf. Auch nicht, als wir den Hang hinunterfielen und all unseren Proviant verloren. Ich kann nichts für sie tun, denkt er.

Mit einem Mal wird ihm bewusst, dass es Ana nicht schaffen wird. Er denkt an die Fahrt nach Maputo, als er mit Manuel Arbeit gesucht hatte, und sie abgebrannt und ohne Hoffnung in ein zerstörtes Haus zurückgekehrt waren. Eher widerwillig hatten die Nachbarn von dem Überfall berichtet, als schämten sie sich, Ana und Marta während seiner Abwesenheit nicht beschützt zu haben. Danach wollte Ana nur noch weg.

„Hast du noch Wasser?" hört er die krächzende Stimme seines Sohns.

„Wenig, der Rest ist für Mama."

„Wie weit ist es noch?"

„Vier Tagesmärsche immer nach Westen, haben sie gesagt. Vor drei Tagen sind wir durch den Zaun, es kann also nicht mehr weit sein."

„Und dann?"

„Dann müssen wir versuchen nach Phalaborwa zu kommen."

„Warum haben sie auf uns geschossen?"

„Ich weiß es nicht. - Hier, nimm einen Schluck." Sapo reicht Manuel den letzten verbliebenen Wasserbehälter. Vier Tagesmärsche, denkt er, für Leute die stramm gehen können. Mit Ana schaffen wir es nicht. Sie wollten uns abschlachten wie Schweine.

„Warum haben sie geschossen, Vater?", lässt Manuel nicht locker.

„Vielleicht, weil sie uns für Wilderer hielten, ich weiß es nicht."

„Aber sie haben doch Mama gesehen, Frauen wildern nicht." Manuels Stimme klingt müde aber beharrlich, als versuche er zu verstehen, was ihnen zugestoßen ist.

„Ja, aber sie haben geschossen." Sapo starrt weiter auf den Sand zwischen seinen Füßen.

„Glaubst du, wir finden Marta, wenn wir zurückkommen? Mama ist fest davon überzeugt, aber wie soll das gehen, wenn wir nicht wissen, wer sie entführt hat."

„Wir dürfen die Hoffnung nicht aufgeben, Manuel. Irgendwann gehen wir zurück, und dann finden wir Marta."

****

Mit Anbruch der Dunkelheit will Sapo aufbrechen, aber Ana kann nicht mehr. Ihr brandiges Bein ist zu einem formlosen Klumpen angeschwollen.

„Wie geht es dir?" fragt Sapo, während er ein paar Tropfen Wasser auf ihre fiebrigen Lippen tröpfelt.

Sie nimmt seine Hand und zieht ihn zu sich herab. „Ihr müsst alleine durchkommen", flüstert sie. „Aber lasst mich noch nicht allein, es wird nicht mehr lange dauern. Versprich mir, dass du mich begräbst, und nicht den Tieren überlässt. Und dass du auf Manuel achtest, und nie aufhörst nach Marta zu suchen."

„Hör auf mit dem Gerede", sagt Sapo leise. „Wir bleiben die Nacht über hier, danach wirst du dich besser fühlen."

„Versprich es mir", flüstert sie mit letzter Kraft.

„Natürlich."

„Manuel soll meine Hand halten, wenn es soweit ist."

Als Sapo sich umdreht, sieht er die Tränen in den Augen seines Sohnes. Er weiß, wie es um sie steht, denkt er, ich kann ihm nichts vormachen.

„Was ist mit Mama?", fragt der Junge. „Wird sie sterben?"

„Sie hat keine Schmerzen mehr. Leg dich zu ihr und schlaf ein wenig, das gibt euch Kraft."

Der Junge löst sich von seinem Felsbrocken und legt sich schweigend neben die Mutter. Er nimmt ihre Hand und drückt sie, als wolle er sich versichern, dass sie noch lebt. Bei der Berührung huscht ein Lächeln über das Gesicht der Frau. Nach einiger Zeit schläft der Junge ein.

Die Nacht bringt etwas Abkühlung. Sapo steht auf und breitet seine Jacke über die beiden. Bald darauf schläft auch er vor Erschöpfung ein, bis ihn Manuel an der Schulter rüttelt: „Papa, wach auf, da ist etwas", sagt er leise, und weist mit der Hand auf die nahen Sträucher.

Sapo nimmt einen Stein und wirft ihn in Richtung der Büsche.

„Was war das?", flüstert Manuel.

„Ein Tier vermutlich, es hat Angst vor uns. - Entschuldige, ich bin eingeschlafen. Wie geht es Mama?"

„Sie atmet ganz schwach. Glaubst du, sie stirbt? Glaubst du, wir …, wir sterben alle?"

Sapo rutscht zu seiner Frau und legt die Hand auf ihre Stirn. Sie ist kühl. Dann fühlt er ihren Puls und hält sein Ohr an den Mund. Als er keinerlei Lebenszeichen spürt, drückte er ihre Augen zu. „Ich glaube, sie ist tot", sagt er leise.

„Nein, sie darf nicht sterben", schluchzt Manuel. „Sie wollte, dass ich ihre Hand halte, das habe ich getan."

„Sie war zu schwach um weiterzuleben, Manuel. Aber vergiss nie, es waren die Schüsse der Ranger, die sie getötet haben, ohne sie wären wir längst am Ziel", bricht es in einem Anflug sinnloser Wut aus Sapo heraus, doch er beherrscht sich schnell. „Wir begraben Mama hier, aber irgendwann, wenn der Krieg zu Ende ist, holen wir sie nach Hause."

„Warum…. Warum sind wir überhaupt hier, ich hasse es, es ist viel schlimmer als du es beschrieben hast", sagt der Junge schluchzend. „Warum sind wir nicht zu Hause geblieben?"

„Wir konnten nicht bleiben, der Krieg hätte uns alle getötet", sagt Sapo nach langem Schweigen. „Du hast gesehen, was marodierende Soldaten anrichten. Ohne Grund haben sie unser Haus zerstört, und als sie Marta verschleppten, ist Mama zerbrochen. Sie wollte, dass wir gehen, weil sie

Angst hatte, auch dich zu verlieren. Der Krieg dauert schon zu lange, die ganzen Sprüche, die sie uns auftischten, alles leeres Geschwätz. Früher dachte ich, du und Marta könntet studieren. Aber dann gab es keine Jobs mehr, und auf einmal hatten wir nichts mehr zu essen." Er nimmt seinen Sohn in den Arm und sagt: „Vertrau mir, wir schaffen es."

„Aber wir können sie doch nicht…. nicht einfach so liegen lassen und weiterziehen", flüstert Manuel.

„Nein, wir werden ihr ein Grab bauen, aus Steinen, das machen andere auch, wenn der Boden zu felsig ist. In manchen Ländern legen sie den Körper auf Türme oder erhöhte Plattformen und überlassen alles den Geiern."

„Ich will nicht, dass Mama von Geiern gefressen wird."

„Ich auch nicht."

„Warum gibt es diesen Krieg?"

„Das weiß keiner mehr, er geht schon so lange." Sapo schweigt abrupt, er sieht auf den Mond, der hinter einer Wolke hervortritt und aus einem schwarzen Himmel ihr Camp fahl beleuchtet. Er spürt plötzlich eine ungeheure Leichtigkeit, als hätte ihn der Tod seiner Frau von einer tonnenschweren Last befreit. „Wenn wir durchkommen, fangen wir neu an. Du wirst sehen, wir schaffen es."

Im ersten Morgengrauen kratzen sie mit Stöcken und bloßen Händen eine flache Kuhle in den Sand und legen Anas Körper mit dem Gesicht nach oben hinein. Dann suchen sie in dem ausgetrockneten Flussbett, das ihnen während der Nacht als Lager gedient hat, nach großen Steinen, die sie auf den Leichnam schichten. Die ganze Zeit über spürt Sapo, dass sie nicht allein sind. Das grässliche Gelächter der Hyäne, während der Nacht, geht ihm nicht aus dem Kopf.

Nachdem Ana vollständig bedeckt ist, stehen sie eine Weile unentschlossen vor dem improvisierten Grab. Sapo überlegt, ob er etwas sagen soll, eine der Geschichten aus dem Alten Testament, die ihm Ana zuweilen nach der Messe erzählt hat. Aber dann entschließt er sich für den kalten Abschied eines Mannes, der längst aufgehört hat an irgendetwas zu glauben. „Wir holen dich später, du kannst dich darauf verlassen", sagt er halbherzig, als könne seine Frau ihn noch verstehen. Dann wendet er sich abrupt an seinen Sohn. „Komm, Manuel, Mama wollte, dass wir beide überleben." Er hebt die fast leere Wasserflasche auf und macht sich auf den Weg. Nach einigen Meilen spürt Sapo, dass die Hyäne nicht mehr in der Nähe ist. Jetzt sind die Sonne und die Ranger unsere ärgsten Feinde, denkt er.

Gegen Mittag stoßen sie auf eine Schotterpiste, die aussieht, als würde sie häufiger befahren. Neben einer Ansammlung von Felsbrocken machen sie Halt. „Manuel, such dir einen Schattenplatz und ruh dich aus, bis ich zurück bin. Ich will mich kurz orientieren. Vielleicht kann ich von dem Hügel dort erkennen, wo wir sind."

Manuel nickt und setzt sich in den Schatten eines Felsblocks. Kaum, dass Sapo ein paar Schritte gegangen ist, ruft er hinterher: „Kann ich nicht mitkommen?"

Sapo kehrt um und nimmt seinen Sohn in den Arm. „Du musst Kraft sparen. - Ich weiß nicht, wie lange es noch dauert, bis wir aus dem Park sind. Irgendwo muss die Straße hinführen, vielleicht zu einer Lodge, wo wir uns neu orientieren können. Ich bin bald zurück, wir schaffen es, vertrau mir."

Für eine Weile folgt er dem Flussbett, dessen grobkörnigen Sand und Kies er durch die Schuhsohlen spürt. Nicht weit entfernt sieht er einen mit spärlichem Buschwerk bewachsenen Hügel, von wo er das umliegende Land und den Verlauf der Straße sehen kann. Es ist alles ruhig. Als er wieder umkehren will, sieht er das Blinken der Fensterscheibe eines Autos. Ein Mann in kakifarbenen kurzen Hosen werkelt unter der geöffneten Kühlerhaube seines Land Rovers. Sapo hört, wie der Motor aufheult und in einen stockenden Leerlauf übergeht. Der Mann windet sich aus dem Motorraum, drückt den Rücken durch und wischt die Hände an den Hosenbeinen ab. Dann geht er zum Fonds des Autos und kramt in einer Werkzeugkiste.

Sapo starrt gebannt auf das Gewehr, das an der geöffneten Fahrertür lehnt. Vorsichtig pirscht er sich näher an das Auto. Er spürt, dass hier ihre Rettung liegen könnte. Als sich der Ranger, mit einem Schraubenschlüssel in der Hand, erneut über den Motor beugt, springt Sapo aus der Deckung und knallte die Motorhaube mit voller Wucht auf den Nacken des Mannes. Er bricht leblos über dem stotternden Motor zusammen. Sapo lässt ihn liegen, nimmt das Gewehr, einen vollen Kanister Wasser und die Geländekarte des Parks, die offen auf dem Beifahrersitz liegt. Dann hetzt er zurück zu Manuel, der ihn mit dem Blick eines verängstigten Tieres erwartet.

„Woher hast du das Gewehr?", fragt Manuel.

„Trink", sagt Sapo, ohne auf die Frage einzugehen „es reicht für eine Weile." Er setzt sich zu Manuel in den Schatten der Felsen, nimmt selbst einen Schluck Wasser und breitet die Karte vor ihnen aus. Er weiß, dass sie sich nördlich des Olifant Flusses bewegen müssen. Als er die Piste findet, auf der das Auto steht, erkennt er, dass sie höchstens noch zehn Kilometer bis Phalaborwa vor sich haben. „Zehn Kilometer, das können wir bis zum Abend schaffen", sagt er erleichtert.

Der Junge nimmt noch einen Schluck Wasser und sieht misstrauisch auf seinen Vater. „Woher hast du das Gewehr?", fragt er erneut.

„Da war ein Park Ranger, sein Auto war kaputt. Er hat versucht den Motor zu reparieren, da habe ich ihm die Motorhaube auf den Kopf geschlagen."

„Ist er tot?"

„Nein, ich glaube nicht, nur bewusstlos. Vielleicht hätte ich ihn töten sollen. Sie haben auf uns geschossen, als wären wir wilde Tiere. Jetzt müssen wir so schnell wie möglich raus aus dem Park. Die Piste, auf der er gekommen ist, bringt uns auf die Hauptstraße, ab da ist es nicht mehr weit."

Am Abend erreichen sie die Grenzstation, wo sie sich bis zur völligen Dunkelheit verstecken. Während der Nacht schlüpfen sie aus dem Park.

Täuschung

Seit Tagen hat sie den Abend in Gedanken durchgespielt. Alles soll anders sein, kein Misstrauen, keine Vorwürfe. So sicher war sie sich noch nie, dass es gelingen könnte.

Sie trägt das rubinrote Kleid mit dem langen Rückenausschnitt, und lässt den Büstenhalter weg. Er mag es so, denkt sie.

Den Wein hat sie rechtzeitig entkorkt, gekostet und für gut befunden. Die Temperatur stimmt, sechzehn Grad. Karl erwartet es bei einem guten Rotwein.

Ich werde ihm Zeit lassen, sich zu erklären, denkt sie. Keine vorschnellen Forderungen, die er mit einem Lächeln vom Tisch wischen kann. Aber ich werde ihm nicht erlauben sich nach einem schalen Fick davonzustehlen. Er soll spüren, dass nicht alles nach seinem Willen geht. Und ich werde die Kerzen brennen lassen, auch wenn er es als Gefühlsduselei abtut. Das mit seiner Frau klärt sich dann von allein.

Als es klingelt, sieht sie überrascht auf die Uhr. Er ist zu früh, denkt sie, und geht zur Tür. Im Gang steht er, einen Strauß Rosen im Arm, pudelnass, mit dem unbestimmten Lächeln eines Mannes, den ihre Andeutungen am Telefon verunsichert haben. Sie mag dieses Lächeln, es hat ihr schon gefallen, als sie sich zum ersten Mal an der Hotelbar gegenübersaßen. Schnell fanden sie heraus, dass sie beide in München wohnten, gar nicht weit entfernt voneinander.

Dann, als sie getrennt auf ihre Zimmer gingen, fragte er eher beiläufig, ob sie nicht auch in München gelegentlich ein Glas Wein zusammen trinken könnten. Über seine Frau verlor er kein Wort.

„Sind die für mich?", fragt sie.

„Natürlich, wer sonst ist hier", lacht er. „Darf ich eintreten, oder bleiben wir heute auf dem Gang?"

„Danke." Mit einem Kuss nimmt sie die Blumen entgegen. „Warum bist du so nass?" Er liebt mich, denkt sie, das Gerede am Telefon über Gefühle, die sich abnützen und in Routine übergehen, war nicht so gemeint, es hat nichts mit uns beiden zu tun. „Du hast einen Schlüssel, warum läutest du?"

„Ich wollte dich überraschen." Er klingt entspannt und nimmt sie noch in der offenen Tür in die Arme. „Du riechst gut, wie immer." Ganz selbstverständlich schließt er die Tür. „Du klangst so geheimnisvoll am Telefon. Ist etwas?", leichtes Misstrauen schwingt in der Stimme.

„Am Telefon hatte ich das unbestimmte Gefühl, dass etwas zwischen uns geraten ist", sagt sie, während sie die Blumen arrangiert. „Ich habe mir Sorgen gemacht."

Er schält sich aus dem nassen Trenchcoat und hängt ihn an die Garderobe. „Du hast dich herausgeputzt. Was feiern wir?", fragt er, als er ihr Arrangement im Wohnzimmer sieht.

Nicht gleich, denkt sie, Zeit lassen. „Wo hast du geparkt, so nass wie du bist?", vermeidet sie eine Antwort.

„In einer Nebenstraße, es schüttet wie aus Kübeln."

„Früher hast du an der Isar geparkt, du wolltest nicht, dass jemand dein Auto erkennt."

Er zuckt mit den Schultern, als wäre das völlig egal. „Was war das für eine E-Mail", wechselt er brutal das Thema. „Wir müssen reden, ich kann so nicht weiter machen, hast du geschrieben. Was soll das? Außerdem hatte ich dich gebeten mir nichts ins Büro zu senden."

„Ist nach Hause besser?", fragt sie schnippisch. „Wo deine Frau mitlesen kann?" Es läuft falsch, denkt sie, genau, wie ich es nicht haben wollte.

„Natürlich nicht. Du sollst mir überhaupt nicht schreiben. Wir telefonieren, wie immer."

Als wäre ich ein Geschäftspartner, denkt sie.

„Was ist los? Du hast dich herausgeputzt, ich mag das Kleid. Aber du stellst Fragen wie ein Großinquisitor", sagt er vorwurfsvoll.

„Vielleicht werde ich erwachsen", sagt sie leichthin und wechselt das Thema. „Gefalle ich dir in dem Kleid?"

„Natürlich, ich habe es dir geschenkt. Leider hast du es nur selten getragen."

„Wann hätte ich es denn tragen sollen", sagt sie versonnen. „Wie war dein Tag?"

„Anstrengend. Die Übernahme läuft nicht glatt. Die andere Seite will nachverhandeln, und unser Quartalsergebnis wackelt. Meine Leute sitzen noch über den Zahlen, versuchen potenzielle Risiken zu orten, bevor die andere Seite sie findet. Morgen erfahre ich, was dabei herausgekommen ist."

„Danke, dass du trotzdem gekommen bist." Sie nimmt das Tischfeuerzeug vom Couchtisch und zündet die Kerzen an.

„Erwartest du noch jemand?", fragt er, und deutet auf das dritte Besteck.

„Eine Freundin, aber erst später. Ich bin mir nicht sicher, ob sie überhaupt kommt."

„Warum hast du nichts gesagt, Sibylle", schüttelt er irritiert den Kopf. „Ich wäre in der Firma geblieben, wenn du unbedingt eine Freundin treffen willst."

„Hast du Angst, dass sie dich verraten könnte?", fragt sie lächelnd. Eine nie gekannte Überlegenheit wächst in ihr.

„Kenne ich sie wenigstens?"

„Gut möglich." Aber was heißt schon kennen, denkt sie. Kennst du mich, wenn du nach ein paar verschwitzten Minuten im Bett wieder verschwindest. Ich kenne mehr von dir, als du von mir. Aber auch nur das, was Google preisgibt. Von mir gibt es nichts, ich bin eine Leerstelle im großen Internet. „Darf ich dir ein Glas Rotwein einschenken? Bordeaux, Chateau Lafitte, du magst ihn, hast du gesagt." Sie geht zu ihm, legt eine Hand auf seine Schulter und küsst ihn auf den Mund. „Willst du?"

„Ich glaube, ich brauche etwas härteres." Abrupt dreht er sich um und geht in die Küche. Sie hört das Klirren von Gläsern und das Ploppen eines Korkens. Mit einem Cognacschwenker in der hohlen Hand kommt er zurück. „Entschuldige, wolltest du auch?", fragt er.

Er hätte mich vorher fragen können, denkt sie. „Danke, ich bleibe beim Rotwein."

Sie schenkt sich ihr Glas halb voll, geht zum Kassettenregal, sucht eine CD heraus und legt sie in den Rekorder.

„I wish you weren't so smart", singt die rauchige Stimme Kassandra Wilsons. „You are away, just so far away", und dann füllt ein lang gezogenes Gitarrensolo den Raum.

„Noch so eine Andeutung, oder ist die Wahl der CD reiner Zufall?", fragt er versöhnlich.

„Die CD ist von dir, hast du das vergessen?"

„Nein, ich hatte nur kurz das Gefühl, dass du etwas im Schild führst."

Sie tritt hinter ihn und massiert seine Nackenmuskeln. Sie weiß, wie sehr er es mag. „Was meinst du?", fragt sie, und massiert weiter. „Ich mag es, wenn du dich wegen mir davonstiehlst."

„Brauchen wir wirklich den ganzen Christbaum?", fragt er, und deutet auf den silbernen Leuchter mit den drei brennenden Kerzen.

„Der Leuchter stammt von meiner Oma, und ich mag Kerzen", sagt sie lapidar.

In dem Moment summt die Gegensprechanlage.

Sibylle nimmt den Hörer ab, lauscht kurz in die Muschel, drückt auf den Türöffner und sagt: „Im dritten Stock, Sie können den Aufzug nehmen."

„Sie? Für eine Freundin?", meint er, als sie sich zu ihm umdreht. „Möchtest du, dass ich gehe?"

„Auf keinen Fall, du bist die Hauptperson", sagt sie, und öffnet die Tür einen Spalt.

Kurz darauf tritt eine Frau in die Wohnung, Mitte vierzig, groß, schlank, schwarze, kräftige Haare mit den ersten silbernen Strähnen. Ihr sandfarbener Regenmantel ist völlig durchnässt, als hätte sie schon eine Weile im Regen gestanden.

„Möchten Sie ablegen?", fragt Sibylle.

„Danke gern."

Sibylle nimmt ihr den Mantel ab. „Schön, dass Sie gekommen sind. Karl ist bereits da."

Bei der Nennung des Namens zuckt die Frau zusammen, als fände sie es ungehörig ihn aus Sibylles Mund zu hören. Doch sie fängt sich sofort wieder. „Eine Einladung, die ich nicht ablehnen konnte." Für einen Moment wirkt die Frau unschlüssig. Die Art, wie sie sich im Gang umsieht, gleicht eher einer Fluchtbewegung. Den kleinen Spiegel, auf dessen oberem Rand ein paar Weihnachtsengel sitzen, nimmt sie kaum wahr. Nur das große Lebkuchenherz, Erinnerung an einen Besuch des Münchner Oktoberfests, betrachtet sie etwas länger, als frage sie sich, wie man den dämlichen Sinnspruch aus Zuckerguss, ohne betrunken zu sein, auf

Dauer ertragen kann. Dann schüttelt sie sich und geht, ohne Sibylle zu beachten, ins Wohnzimmer. Sie steuert direkt auf den Mann zu, der aufgestanden ist und sie entgeistert ansieht.

„Was machst du hier?", fragt er verblüfft.

„Dasselbe könnte ich dich fragen. Ich wurde eingeladen."

„Was soll die Scharade?", fragt er Sibylle, die Stimme schneidend.

„Ich dachte, es wäre an der Zeit, dass wir drei uns kennenlernen, also habe ich sie eingeladen. Sie hat sofort zugesagt. Ein gutes Zeichen in meinen Augen", sagt Sibylle.

„Für was?", reagiert der Mann scharf. Dabei betrachtet er seine Frau wie einen Feind. „Du hast es gewusst?"

„Natürlich, die E-Mail, in der sie dich aufgefordert hat dich endlich zu entscheiden, hast du nicht gelöscht, als wäre es eine lästige Lappalie. Vielleicht war dir ja egal, was ich denke, sollt ich sie zu lesen bekommen. Vielleicht ist dir auch egal, dass wir fünfzehn Jahre verheiratet sind, dass ich dir die Firma meines Vaters übergab, weil ich dir vertraute. Aber mir war es nicht egal, Karl. Alles was du bist, verdankst du mir, und dann hurst du mit einer Schlampe herum, die glaubt, sie könne mich in ihre Wohnung bestellen, damit ich euer Verhältnis billige. Keine Ahnung, was sie sich sonst noch vorgestellt hat."

„Du bringst mal wieder alles durcheinander", sagt der Mann resigniert, als spräche er zu einem quengelnden Kind. „Lass uns gehen."

„Du bist ein Nichts ohne mich", sagt die Frau ganz ruhig. „Du hast die Firma meines Vaters fast zugrunde gerichtet, und jetzt willst du das, was noch übrig ist, an ein paar Spieler verscherbeln, denen das Unternehmen völlig egal ist, wenn sie nur an sie Grundstücke kommen können. Das werde ich nicht zulassen."

Mit einem süffisanten Grinsen zieht er die Augenbrauen hoch: „Was willst du dagegen tun, du bist raus aus dem Geschäft, ich habe alle Vollmachten. Eigentlich solltest du mir dankbar sein, dass ich den maroden Laden wieder soweit flottgekriegt habe, dass sich überhaupt noch einer dafür interessiert. Aber das sollten wir nicht hier ausbreiten. Komm endlich."

„Nein, mein Lieber, du denkst, du kannst mir ein paar deiner Lügen auftischen, und alles ist wie immer." Die Frau wirkt ruhig und gefasst, als sie sich auf die Couch setzt, weit weg von Karl. Sibylle hat sie die ganze Zeit ignoriert. Umständlich kramt sie eine kleine Pistole aus ihrer Handtasche und reicht sie Sibylle. „Hier nehmen Sie. Sie können mich erschießen, dann haben Sie was sie wollen. Ich bin nicht länger im Weg, und Karl muss sich zu Ihnen bekennen. Er wird aussagen, dass es Selbstmord war, dass ich, hysterisch wie ich bin, die letzte E-Mail einfach nicht mehr ertrug. Dass ich mich der Situation nicht stellen wollte, obwohl er mich schon wiederholt um die Trennung gebeten hatte. Oder sie sagen, er und ich hätten uns gestritten, da wäre der Schuss aus Versehen losgegangen. Ein Beziehungsproblem, es gibt tausende davon. Die Polizei wird es für plausibel halten, wenn sie erst einmal in seiner Vergangenheit zu graben beginnt. Tun Sie es, so eine Chance bekommen Sie nie wieder."

Sibylle weicht entsetzt zurück und hebt abwehrend die Arme. „Ich wollte doch nur…, reden über Gemeinsamkeiten, was uns drei verbindet. So, wie erwachsene Menschen", sagt sie flehend.

Die Frau schenkt ihr kaum Beachtung und wendet sich wieder an ihren Mann: „Und mit so etwas gehst du ins Bett. Du solltest dich schämen."

„Es können nicht alle so klar und kalt sein wie du. Du weißt gar nicht, wie unerträglich deine Rechthaberei manchmal ist", sagt er, und wendet sich an Sibylle. „Du hättest mir sagen sollen, was du vorhast."

Er reicht seiner Frau die Hand, um sie von der Couch hochzuziehen. „Komm, lass uns gehen."

Doch sie macht keine Anstalten aufzustehen, sieht ihn nur lächelnd an. „Wir hatten auch ein paar gute Jahre, Karl", sagt sie, und richtet die Pistole auf ihn.

„Wo hast du die eigentlich her. Sieht aus wie ein Spielzeug", sagt er herablassend.

„Du hast sie mir besorgt, damals, als es mit den Terroristen losging. Ich habe sie noch nie benützt."

„So ein Quatsch, ich glaube du drehst langsam durch. Komm endlich, wir gehen."

Sie lächelt verlegen, als wüsste sie nicht recht, was jetzt passiert. „Du gehst", sagt sie. „Ich möchte sehen, ob sie überhaupt funktioniert." Dann drückt sie ab.

Er greift sich an die Brust, und sieht zu, wie das Blut zwischen seinen Fingern hervortritt. Als er auf die Knie sinkt, stürzt Sibylle zu ihm und versucht ihn aufzurichten. Es gelingt ihr nicht. Sie setzt sich neben ihn und legt seinen Kopf in ihren Schoß. Auf dem hellen, sandfarbenen Teppich breitet sich langsam ein roter Fleck aus.

Die ganze Zeit hat die Frau nur dagesessen und gelassen die Szene betrachtet, als säße sie in einem eigens für sie inszenierten Schauspiel.

„Was haben Sie getan", stammelt Sibylle.

„Ich wollte sehen, ob die Pistole funktioniert. Jetzt weiß ich es, und jetzt kann ich es auch zu Ende bringen", sagt die Frau. Aus nächster Nähe schießt sie Sibylle in die Schläfe. Dann kramt sie ein Taschentuch aus der Tasche, wischt die Pistole sorgfältig ab, presst sie in Sibylles Hand und legt sie so, dass es aussieht, als wäre sie Sibylle entglitten. „Du könntest auch sagen, dass du dieses ewige Hinhalten deines Geliebten nicht mehr ertrugst, und dir der Tod besser erschien, als dauernd in Warteposition zu lauern. Nur leider kannst du das jetzt nicht mehr sagen. Eigentlich solltest du mir dankbar sein, dass ich dir die ewigen Lügen erspart habe." Die Frau zuckt mit den Schultern und betrachtet die beiden übereinander liegenden Körper. Dann steht sie auf und sorgt dafür, dass nichts auf eine weitere Person in der Wohnung hindeutet. Sie nimmt ihren Mantel und geht, oh-

68

ne sich noch einmal umzudrehen. Sie benützt die Treppe und während sie hinuntersteigt wählt sie die Nummer der Polizei. Auf der Straße geht sie eine Weile an der Spree entlang, bis sie weit genug von der Wohnung entfernt ist. Dann kramt sie das Telefon aus der Handtasche und wirft es in einer verächtlichen Bewegung ins Wasser.

Ihre Verhaftung, ein paar Wochen später, nimmt sie gelassen hin. Wie ein Urteil, das sie längst erwartet hat.

„Warum ich?", fragt sie den Kommissar während des Verhörs.

„Als die Liebhaberin ihres Mannes Sie einlud, haben sie im Festnetz telefoniert. Sie vergaßen den Anruf zu löschen. Alles andere ergab sich von alleine."

Lust

Seit Monaten sind sie auf der Suche nach einer billigen Wohnung und plötzlich finden sie in der Samstagausgabe der Süddeutschen Zeitung eine Anzeige, die passen könnte. Die drei Zimmer Wohnung liegt in einem alten Viertel der Innenstadt Münchens und erweist sich als eine in tiefem Braun gehaltene psychedelische Höhle. Der Vormieter hat seit drei Monaten nichts mehr bezahlt und ist, ohne sich zu verabschieden, nach Indien verschwunden.

Hannes findet die Wohnung zu schmuddelig und akzeptiert den Mietvertrag erst, als ihm Jakob versichert, daraus ein Juwel zu machen, wenn sie alles rundum weiß streichen, und die Fußböden ausbessern.

Zwei Wochen später sind sie stolze Mieter einer hellen, freundlichen Wohnung, in der jeder sein eigenes Zimmer hat. Das Bad teilen sie sich und das dritte Zimmer benützen Freunde, die gelegentlich zu Besuch kommen. Laura, Jakobs Freundin, ist der häufigste Gast. Sie besitzt einen Schlüssel und betrachtet ihre Beziehung zu Jakob als emotionale Rückversicherung, die nicht unbedingt weiterführen muss.

Von Hannes hält sie nicht viel, er ist ihr egal, solange er ihr keine ausschweifenden Vorträge über die Unbill der Welt hält.

Eines Tages, Jakob befindet sich bei Freunden in Berlin, kommt Hannes spät nach Hause. Schon auf dem Gang hört er Lauras Gesang. Er wundert sich sie zu hören, denn er nahm an, dass sie Jakob begleitet hat. Er hängt seinen Mantel an die selbstgezimmerte Garderobe, und als er sich umdreht, sieht er Laura, wie sie nackt im Bad steht.

„Ich hoffe es stört dich nicht, wenn ich für ein paar Tage hier bleibe. Bei mir im Studentenheim ist zu viel Krach, ich muss mich auf eine Arbeit konzentrieren", sagt sie völlig unbefangen.

„Nein, ist schon in Ordnung. Weiß Jakob, dass du hier bist?" Hannes spürt, während er möglichst unbeteiligt wirken will, wie das Verlangen sie zu berühren in ihm aufsteigt.

„Ja, ich hab's ihm gesagt, er findet es in Ordnung. - Was ist, du schaust so komisch?"

„Du bist nackt, so habe ich dich noch nie gesehen. Ich glaube, ich kriege Lust mit dir zu schlafen."

„Und, warum tust du es nicht? Ist es wegen Jakob?"

„Ja, vielleicht." Er spürt, wie sich sein Penis verhärtet. „Findest du es wirklich richtig?", fragt er hilflos.

„Komm", sagt sie, nimmt ihn bei der Hand und führt ihn in sein Zimmer. „Hier war ich noch nie", sagt sie, während sie ihm hilft die Hose abzustreifen. Dann betrachtet sie ausführlich sein Glied.

„Was tust du da", fragt Hannes verunsichert.

„Ich will nur wissen, was gleich auf mich zukommt", lacht sie.

Nachtschatten

„Wir werden im Seehaus meiner Eltern wohnen und stundenlang im warmen Wasser tollen", sagte Lisa, um die Kinder für die Reise zu begeistern, weil sie den langen Flug über den Atlantik hassten.

Es war dann nicht so schlimm, die Filme interessant, und als sie in Chicago ein Auto mieteten waren die Kinder längst versöhnt und freuten sich auf die Großeltern. Lisa fuhr, weil Jörg, ihr deutscher Mann, die mehrspurige Autobahn, das Dröhnen der Reifen der Riesenlaster, die sich einen Spaß daraus machten sie möglichst lange zwischen ihnen eingeklemmt zu halten, fürchtete.

Sie erreichten das Haus am späten Nachmittag. Es war lange nicht gelüftet worden, Staub hatte sich abgelagert, und es roch muffig in der feuchtwarmen Hitze. „Sie hätten eine Putzhilfe beauftragen, oder uns zumindest vorwarnen können", ärgerte sich Lisa.

„Sie sind nicht mehr die jüngsten, Lisa. Wir haben es bald sauber, und dann schwimmen wir, wie du es den Kindern versprochen hast", versuchte Jörg Lisa zu entspannen.

Zum Abendessen trafen sie Lisas Eltern im Horton Bar und Grill, einem bekannten Restaurant inmitten der Prärie, umgeben von Wald und endlosen Maisfeldern.

Das Gespräch am Tisch plätscherte so dahin, Alltagsthemen über die Schule, das Leben in Berlin. Nur Politik war tabu, zu gegensätzlich waren die Ansichten in der Familie

73

geworden. Die Kinder langweilten sich, und Jörg merkte, wie sehr er eine Zigarette braucht. Er ging nach draußen und nahm die Kinder mit. Gemeinsam gingen sie zur Pferdekoppel hinterm Haus, an die sich die Kinder erinnerten.

Es dämmerte bereits, als sie sich auf dem Parkplatz verabschiedeten. Die Eltern fuhren zurück nach La Porte, in ihre geräumige Wohnung, und Lisa nahm eine der Nebenstraßen zum Seehaus, auf der sie als Teenager fahren gelernt hatte. Sie wollte den Kindern die Mulde zeigen, in der es sie damals fast aus der Kurve getrieben hätte.

Nach kurzer Zeit weist Lisa mit dem Kopf auf den Rückspiegel und sagt: „Ich habe das ungute Gefühl, dass uns einer folgt."

„Was?", fragt Jörg.

„Ein Auto. Es hat einen kaputten Scheinwerfer. Im Spiegel sieht es wie ein Motorrad aus, aber es ist ein Auto. Wenn ich langsamer fahre, bleibt es zurück und hält einfach dieselbe Distanz. Ich hasse das Gefühl, verfolgt zu werden."

„Vielleicht bist du sein Lotse, nicht verwunderlich in dieser Dunkelheit. Bei Nebel fahre ich auch gerne hinter den Rücklichtern des Vordermanns."

„Aber hier ist kein Nebel. Mir wäre lieber du könntest fahren, irgendwie habe ich ein schlechtes Gefühl."

Jörg nimmt eine Zigarette aus der Schachtel und schiebt sie gleich wieder zurück. Das Zeug bringt mich noch um, denkt er, kramt das Telefon aus der Tasche und prüft die

74

Anzeige. Er hat kein Netz: „Tut mir leid, ich kenne mich hier nicht aus", bedauert er.

Am Rand eines Tümpels, mit toten Bäumen im Wasser, taucht das Licht der Scheinwerfer die Umgebung kurz in einen verwunschenen Sumpf. Lisa gibt Gas, als wolle sie die Gegend schnell hinter sich lassen. Auf der Kuppe eines Hügels greifen die Scheinwerfer ziellos ins Nichts, als hätte das Auto in einem Moment der Schwerelosigkeit abgehoben. Die Hirschkuh sehen sie erst, als sich die Nase des Autos wieder nach unten neigt. Geblendet steht sie mit weit geöffneten Augen mitten auf der Straße.

„Verdammt", schreit Lisa, und tritt auf die Bremse, doch es ist bereits zu spät.

Jörg hört einen dumpfen Schlag, das Auto beginnt zu schlingern, bis es Lisa abfängt und am Rand der Straße zum Stehen bringt. Sie beugt sich über das Lenkrad und schluchzt: „Ich konnte sie nicht sehen. Was machen wir jetzt."

„Erst mal aussteigen", sagt Jörg, öffnet die Türen auf seiner Seite, um auch die Kinder heraus zu lassen, und geht einmal ums Auto herum. Die Stoßstange samt Kotflügel ist eingedrückt und den rechten Scheinwerfer hat es zertrümmert. Das Vorderrad ist vom Kotflügel geschreddert, und überall kleben blutige Büschel aus Haaren.

Die Kinder sind inzwischen auf der Straße zurückgerannt und stehen hilflos vor der verletzten Hirschkuh. „Papa, komm schnell, sie lebt noch", ruft Ellen.

75

Das Tier liegt mit zerschmetterten Hinterbeinen am Straßenrand, Blut rinnt ihm aus dem Maul, die Augen sind weit geöffnet. Es versucht sich trotz der gebrochenen Läufe ins Unterholz zu schleppen.

In dem Moment, Lisa steigt gerade aus dem Wagen, schießt das Auto, das sie seit geraumer Zeit verfolgt hat, über die Kuppe des Hügels. Es schliddert auf sie zu, rutscht mit den Vorderreifen in den flachen Straßengraben und kommt kurz vor dem um sich schlagenden Tier zum Halt. Der Motor ist abgestorben, und der eine, intakte Scheinwerfer leuchtet nutzlos ins Gebüsch.

Jörg geht zum Auto, will nachsehen, ob mit den Insassen alles in Ordnung ist, doch gleich windet sich ein übergewichtiger, großer Mann aus dem Fahrersitz. In der Dunkelheit nimmt Jörg, dessen Baseballkappe auf langem, strähnigem Haar nur schemenhaft wahr.

Der Mann ignoriert Jörg und geht direkt zum Mietwagen. Als er in den Strahl des Scheinwerfers tritt, leuchtet die Schrift seiner abgetragenen Sportjacke kurz auf. Vor dem eingedrückten Kotflügel bleibt der Mann stehen, untersucht das kaputte Rad, tritt mit dem Fuß dagegen und schüttelt den Kopf.

„Und was haben wir denn da", sagt er, als er die um sich schlagende Hirschkuh sieht. „Schau, schau, sie haben ein Reh geschlachtet. - Jim, komm und sieh dir das an. Ziemlich schlecht, finde ich. So etwas macht man nicht. Sie wird deinen Tröster brauchen."

Was meint er mit Tröster, denkt Jörg.

„Gleich, Ed", sagt der andere Mann, während er aus dem Auto steigt. Vor der Hirschkuh bläst er die Luft durch die Zähne und meint: „Sieht wirklich nicht gut aus. Soll ich?"

„Bleibt wohl nichts anderes übrig", sagt Ed schulterzuckend, worauf Jim eine Pistole aus der Tasche nimmt, sie entsichert, und der Hirschkuh aus nächster Nähe in den Kopf schießt. Sie zuckt noch einmal, streckt sich und fällt dann zusammen, als hätte ihr jemand den Stecker gezogen. Jim sichert die Pistole und steckt sie in den Hosenbund.

„Sie hätten uns warnen können, allein schon wegen der Kinder", sagt Jörg, dessen deutscher Akzent auf einmal sehr hart klingt. „Allein schon wegen der Kinder", wiederholt er, und merkt, wie hilflos es wirkt.

„Warnen? Vor was?", stößt Jim ein tiefes, graulendes Lachen hervor. „Ich hätte ihn warnen sollen, Ed" wendet er sich an seinen Partner. „Wegen der Kinder, sagt er." Er klingt höhnisch, und verschluckt sich fast vor Vergnügen. „Wer seid ihr überhaupt, ich habe euch hier noch nie gesehen. Ausländer? Aus der Stadt wahrscheinlich. Hast du das gehört, Ed, warnen, damit die Püppchen keine Albträume bekommen."

„Yeah, Ausländer", sagt Ed. „Dacht ich's mir doch, so langsam, wie die fuhren. Und dann noch ein Reh töten, auf unseren Straßen. Ts, Ts, das macht man nicht."

„Wir sind keine Ausländer", sagt Lisa. „Ich bin hier geboren." Ihre Stimme klingt scharf, einen Tick zu hoch. Sie hat Angst, denkt Jörg.

„Aber er hört sich ganz so an, Ihr Mann?", sagt Jim und deutet auf Jörg. „Was meinst du Ed?"

„Ich bin Deutscher, Jörg Halder. Wir wohnen in Berlin und sind zu Besuch bei meinen Schwiegereltern in La Porte. Es tut uns leid wegen dem Reh." Er reicht Jim die Hand, die der jedoch ignoriert.

„Warum Berlin, ist es hier nicht gut genug?", fragt er Lisa.

„Das ist eine lange Geschichte, ich glaube kaum, dass Sie die interessiert. Sagen Sie uns lieber, was wir mit dem Reh tun sollen, und wie wir von hier wegkommen. Mit dem Auto geht es ja wohl nicht mehr", sagt Lisa.

„Erst mal runter von der Straße und dann die Polizei anrufen", sagt Jim.

„Daran hatte ich auch gedacht, aber ich habe keinen Empfang. Dass ausgerechnet uns so etwas passieren musste. Genau auf dieser Strecke habe ich fahren gelernt. Damals habe ich nie ein Reh gesehen", sagt Lisa.

„Passiert hier immer, Lady. Letzten Monat habe ich drei davon überfahren", wirft Ed ein. „Die Polizei denkt, ich wäre ihr Stammkunde."

„Können Sie uns Ihr Telefon borgen? Meins hat kein Netz", sagt Halder.

„Gern, aber wir haben kein Telefon", sagt Jim und dreht sich zu Ed. „Nicht wahr Ed, wir haben keins."

„Nein, haben wir nicht", sagt Ed, und schüttelt bedauernd den Kopf.

In dem Moment kommt ein weiteres Auto über den Hügel gekrochen. Es hält an der Unfallstelle, und eine alte Frau fährt das Seitenfenster herunter. „Was ist passiert?", fragt sie.

Jim geht zu ihr und sagt: „Nichts besonderes Mam. Ein Reh wurde angefahren. Sie wissen ja wie das ist, passiert andauernd. Wir haben alles im Griff."

„Gut, dann kann ich ja weiterfahren", sagt sie Frau und lenkt ihr Auto vorsichtig auf die Überholspur. Kurz darauf sind die Rücklichter verschwunden.

„Und was machen wir jetzt?", fragt Lisa.

„Die Frau hätte uns ihr Telefon leihen können", wispert ihr Ellen ins Ohr.

„Ja, aber vielleicht hatte sie auch keins. Sie sah ziemlich alt aus", flüstert Lisa zurück.

„Komm, Ed, hilf mir. Das Reh muss runter von der Straße. Wollen Sie auch mit anpacken, Mister?", fragt er Halder. „Nehmen sie eins der Hinterbeine, Ed das andere, ich nehme den Kopf. Wir legen den Kadaver ins Gebüsch, die Polizei holt ihn dann später ab."

Als Halder das Bein knapp oberhalb des Hufs packt, spürt er das raue Fell. Er denkt daran, wie das Tier noch kurz zuvor wild um sich schlug, und wie es zusammensackte, als ihm die Kugel ins Gehirn drang. Der schlaffe Körper wiegt schwer, sie schleifen ihn über den Asphalt, und legen das Tier in der Mulde am Rand der Straße ab.

„So, jetzt zu ihnen, Lady, wie sie von hier wegkommen. Sie wollen ja nicht die ganze Nacht hier sitzen und Daumen drehen", sagt Jim. „Wir fahren Sie nach La Porte, Sie melden den Unfall und kommen zusammen mit einem Polizisten zurück. Der nimmt den Unfall auf und bringt Sie nach Hause. Das Auto lassen sie dann morgen abschleppen. Ganz einfach, kein Stress."

„Und wenn wir warten, bis ein Auto vorbeikommt, das ein Telefon hat?", fragt Halder.

„Kann auch schief gehen. Es ist spät, und auf den Straßen im Hinterland fährt nachts kaum jemand. Das Auto vorhin war eher eine Ausnahme. Kommen Sie, Lady, es dauert nicht lange, dann sind Sie wieder zurück."

„Warum ich?", fragt Lisa, leichten Terror in der Stimme.

„Sie sind gefahren, oder habe ich das falsch verstanden."

„Ja, aber…" Lisa klingt hilflos, als hätte sie bereits aufgegeben.

„Er hat Recht, Liebe. Ellen kann dich begleiten. Luke und ich bleiben hier, bis ihr zurück seid", ermuntert sie Halder auf Deutsch.

„Sie reden Geheimsprache, Jim", sagt Ed. „Wahrscheinlich wollen sie etwas verbergen."

„Nein, es ist Deutsch", sagt Lisa kalt.

„Sehen Sie, Lady, Sie haben einen vernünftigen Mann. Ich weiß zwar nicht was er gesagt hat, aber es hörte sich vernünftig an", sagt Jim. „Ed meint das nicht so mit der Geheimsprache. Für ihn ist alles geheim, was sich nicht entfernt nach Englisch anhört. Dabei versteht er das auch nicht richtig", lacht er gehässig.

„Wie lange wird es dauern?", fragt Lisa.

„Halbe Stunde bis La Porte, fünfzehn Minuten bis sie den Unfall gemeldet haben, und dann wieder eine halbe Stunde zurück. Ein bis eineinhalb Stunden, dann sind Sie wieder hier."

„Gut, dann fahren wir besser gleich. In La Porte wohnt meine Familie. Mein Vater kann sich um alles weitere kümmern, wenn wir den Unfall gemeldet haben."

„Sehen Sie. Lauter vernünftige Menschen, nicht wahr Ed. Lauter vernünftige Menschen."

„Bleibt ja auch Nichts anderes übrig", sagt der, und fingert an seinem Revolver herum.

Halder will nicht, dass sie fahren, aber er hat auch keine bessere Idee. Er mag die Männer nicht, es stört ihn, wie Ed mit der Pistole spielt. Er küsst seine Frau und legt den Arm um Ellen. „Passt gut auf euch auf, und kommt schnell zurück."

Lisa beugt sich zu Luke und küsst ihn auf die Stirn. „Keine Sorge, mein Großer, sollte es länger dauern, schlagt ihr einfach ein Lagerfeuer auf und bratet ein paar Marsh Mellows, die magst du doch", versucht sie einen leichten Ton.

„Soll ich nicht doch lieber mitkommen", fragt Luke.

„Wir sind bald wieder da. Und Papa braucht schließlich auch jemand", sagt Ellen, die versucht, die tapfere, ältere Schwester zu spielen.

„Fahren wir?", fragt Lisa, an Jim gewandt.

„Ja, wenn Sie so weit sind."

Die beiden Frauen zwängen sich auf die vermüllte Rückbank des uralten Buick, der an manchen Stellen die Sprungfedern durchgebrochen sind. Das Auto riecht muffig, als müsste es dringend gelüftet werden. „Lass bitte das Parklicht an", sagt Lisa zu Halder, nachdem sie das Seitenfenster heruntergekurbelt hat. „Wenn einer über den Hügel schießt, sieht er euch wenigstens. Nicht, dass noch mehr passiert."

Als Jim das Auto auf die Straße lenkt, scheint der Lichtkegel des Mietwagens für einen Moment in den Innenraum des Buick. Halder sieht die Gesichter seiner Frau und seiner Tochter, wie sie zu ihm und Luke zurückblicken.

„Hast du dir die Nummer gemerkt?", fragt er seinen Sohn.

„Nein, sollte ich? Warum?"

„Nur so, man kann nie wissen. Hol mir bitte etwas zu schreiben aus dem Handschuhfach. Ist besser ich notiere die Nummer, bevor ich sie vergesse."

Luke kramt für eine Weile im Auto herum und ruft dann: „Ich finde nichts."

„Okay, ich komme", sagt Halder. Als er die Autonummer notiert: IN 49 Marion, The Crossroads of America, ist er nicht sicher, ob er sich an die richtige Nummer am Ende erinnert.

„Was machen wir jetzt, Papa?", fragt Luke.

„Warten, bis sie zurückkommen. Zwei Stunden haben sie gesagt. Du kannst dich auf die Rückbank legen und ein wenig schlafen, wenn du willst."

„Ich habe Durst."

„Unterm Beifahrersitz ist eine Flasche Wasser. Komm wir setzen uns ins Auto, auf der Straße herumstehen bringt auch nichts."

Anfangs wälzt sich Luke noch unruhig auf der Rückbank, doch dann atmet er tief und gleichmäßig. Halder versucht wach zu bleiben, er kippt den Sitz zurück, ihm ist kalt, da sieht er wie die Baumspitzen über ihm aufleuchten. Lisa, denkt er erleichtert, sie ist zurück. Als er sich aufrichtet, sieht er ein Auto näherkommen. Es bremst ab, als wolle der Fahrer sehen, was passiert ist. Halder steigt aus und winkt, doch das Auto beschleunigt und braust davon. Für den Bruchteil einer Sekunde hat Halder das Gefühl, das Gesicht des Beifahrers schon einmal gesehen zu haben. Ich werde verrückt vor Angst, denkt er, es ist drei Uhr morgens. Um elf Uhr sind sie losgefahren, sie müssten längst zurück sein. Ich weiß nicht, wo wir sind, wo das nächste Haus ist, in welche Richtung ich gehen könnte. Was soll ich sagen? Dass ich Frau und Tochter zwei wildfremden Männern übergeben habe? Jeder, dem ich die Geschichte erzähle, wird mich für verrückt halten. Ich muss warten, bis der Tag anbricht, vielleicht kommt dann ein Auto vorbei.

Er setzt sich zurück auf den Beifahrersitz, doch er kann nicht mehr schlafen. Die Gedanken verwirren sich in seinem Kopf, Fakten und Hoffnungen geraten durcheinander. Er macht sich Vorwürfe nicht mitgefahren zu sein.

Im Morgengrauen steigt er aus dem Auto, um sich durch Bewegung etwas zu erwärmen. Seine Jacke hat er noch in der Nacht über Luke gelegt. Die Sonne muss längst aufgegangen sein, aber noch dringt kein Lichtstrahl durch den dichten Blätterwald. Nach einiger Zeit sieht er erneut die Lichter eines Autos auf sich zukommen. Plötzlich spürt er eine unbändige Wut in sich aufsteigen. Er darf nicht abbiegen, denkt er, und rennt ein paar Meter in Richtung des Autos. Doch sofort erkennt er, wie nutzlos das ist. Ich werde mich mitten auf die Straße stellen, denkt er, es muss halten, oder mich überfahren.

Als das Auto näherkommt, bremst es ab und ein junger Mann, den er am Vorabend bereits im Horton Bar und Grill gesehen hat, steigt aus. „Unfall?", fragt er. Er riecht nach Aftershave, die Haare sind noch nass vom Duschen. „Sie waren gestern Abend im Grill, nicht wahr. Eine größere Gesellschaft. Ich habe Sie von der Bar aus sehen können."

„Ja", sagt Halder erleichtert. Dann erzählt er die Geschichte der Nacht. Es sprudelt nur so aus ihm heraus. Für einen Moment fühlt er sich ungeheuer erleichtert.

Der Mann scheint sich zu wundern, fragt aber nicht nach, sondern geht gleich zu der toten Hirschkuh. „Die Männer haben sie nach La Porte zur Polizei gefahren, das war vor acht Stunden, sagen Sie? Und seither nichts?", fragt er schließlich.

„Ein Auto kam vorbei, aber es hielt nicht an. Als ich ausstieg, beschleunigte es und verschwand."

„Haben Sie die Nummer des Autos in dem Ihre Frau und Tochter mitgefahren sind? Wie hießen die Männer?"

„Habe ich, hier. Jim und Ed, zumindest haben sie sich so genannt."

„Na dann versuchen wir mal die Polizei in La Porte. Wissen Sie, Mister, Sie hätten nur die State Troupers anrufen müssen, dann wären die kurz darauf hier gewesen. Das mit dem Reh ist mir auch schon passiert, ist hier in der Gegend kein Riesending. Die Viecher nehmen langsam Überhand und fressen uns die Schösslinge ab."

„Wir hatten keinen Empfang, und die Männer sagten, sie besäßen kein Telefon", sagt Halder irritiert, und merkt sofort wie unwahrscheinlich es klingt.

Der Mann tippt auf eine Nummer, die er gespeichert hat, und fragt, ob während der Nacht eine Unfallmeldung eingegangen ist. Ein Auffahrunfall auf dem Highway 20, mitten in der Nacht, sonst nichts, erfährt er. Und zwei Männer mit einer Frau, Ende dreißig, und deren Tochter, etwa zehn, sind auch nicht vorbeigekommen, um einen Wildschaden zu melden, fragt er der Vollständigkeit halber. Dann sagt er noch ein paar Worte, die Halder nicht mehr verstehen kann, weil sich Luke an ihn gedrängt hat und ihm etwas ins Ohr flüstern will. Der junge Mann reicht Halder schließlich das Telefon: „Er will mit Ihnen direkt reden."

„Sind Sie der Fahrer?", fragt die Stimme am anderen Ende der Verbindung.

„Nein, meine Frau ist gefahren."

„Und Ihre Frau und Tochter wurden von zwei Männern zu uns gebracht, sagen Sie."

„Ja, das war vor acht Stunden."

„Können Sie fahren?"

„Nein, der rechte vordere Kotflügel ist eingedrückt und hat das Vorderrad geschreddert. Es sieht aus, als wäre die Achse beschädigt."

„Das heißt, Sie müssen abgeschleppt werden."

„Ja, aber in erster Linie geht es um meine Frau und Tochter."

„Natürlich. Wissen Sie was, wir schicken Ihnen einen Abschleppwagen und einen unserer Beamten vorbei. Das dauert zwanzig, dreißig Minuten, mehr nicht. Geben Sie mir den anderen Mann noch mal, mit dem ich vorhin gesprochen habe, er scheint von hier zu sein. Er kann uns beschreiben, wo Sie genau sind."

Halder gibt das Telefon zurück und sagt: „Sie schicken jemand vorbei. Bitte sagen Sie ihm wo wir uns befinden. Ich kenne mich hier nicht aus."

Der junge Mann beschreibt dem Wachhabenden den genauen Ort des Unfalls, und nachdem er das Gespräch beendet hat, sagt er. „Er will, dass ich bei Ihnen bleibe, bis die Polizei eintrifft. Ist Ihnen das recht?"

„Natürlich, aber ich will Ihnen keine Unannehmlichkeiten bereiten. Sie haben mir schon jetzt viel geholfen."

„Es sind nur ein paar Minuten. Ich rufe nur schnell bei Horton an, dass ich mich etwas verspäten werde."

„Danke."

„Ich habe Hunger, Papa", sagt Luke.

„Wir haben nichts dabei, Luke. Wir müssen noch warten bis die Polizei kommt. Die nehmen uns mit nach La Porte. Wir melden den Unfall und dann essen wir etwas."

„Müssen wir auf die Polizei, weil wir das Reh getötet haben? Das war doch der Mann mit der Pistole."

„Ja, aber er hat es nur getan, weil das Reh Schmerzen hatte. Seine Beine waren gebrochen durch den Aufprall. Ich hätte dasselbe getan, wenn ich eine Pistole gehabt hätte."

„Er hatte eine Pistole?", fragt der junge Mann.

„Ja, und er konnte gut damit umgehen."

„Sagen Sie das der Polizei."

„Sie denken?"

„Ich weiß nicht was ich denken soll", sagt der Mann, geht zum Kadaver und sieht sich die Schusswunde an. „Ein ziemliches Kaliber", sagt er.

Eine halbe Stunde später kommt ein Polizeiauto mit Blaulicht über den Hügel geschossen und hält vor Halders

Mietwagen. Ein Mann steigt aus und rückt sich die Pistole zurecht während er auf den jungen Mann zugeht. „Haben Sie angerufen?", fragt er.

„Ja, aber ich bin nur zufällig vorbeigekommen. Dem Mann dort drüben ist es passiert. Er hat kein Telefon, deshalb habe ich für ihn angerufen. Wie lange brauchen Sie mich noch? Brauchen Sie mich überhaupt."

„Eigentlich nicht, geben Sie mir nur Ihre Daten, dann können Sie fahren. Wir kümmern uns um die beiden."

Der Polizist schreibt Namen, Adresse und Telefonnummer auf und wendet sich an Halder, während der junge Mann davonfährt. „Am besten Sie erzählen mir wie alles abgelaufen ist, schön der Reihe nach", sagt der Polizist zu Halder.

Für den Bruchteil einer Sekunde verwandelt sich der Polizist vor Halders Augen in den großen, schweren Mann mit den langen, fettigen Haaren, dann spürt er wie ihn Luke am Arm zieht. „Sag's ihm Papa, bitte", hört er die drängende Stimme seines Sohns.

„Ja, natürlich", sagt Halder, und erzählt, dass sie im Urlaub hier sind, die Familie Lisas besuchen.

„Lisa?", fragt der Polizist.

„Meine Frau, die mit meiner Tochter und den Männern fuhr, um den Unfall zu melden."

„Wie heißt die Tochter, wie alt ist sie?"

„Ellen", sagt Luke. „Sie ist 11".

„Ein aufgeweckter Junge", lächelt der Polizist Luke zu. „Am besten Sie geben mir den weiteren Verlauf im Auto, dann sind wir weg von der Straße."

Halder setzt sich auf den Beifahrersitz des Polizeiautos. Luke, den Kopf zwischen den beiden Männern auf die Rückenlehne gelegt, hört gespannt zu.

„Wir waren im Horton Bar und Grill, zusammen mit Lisas Eltern. Gegen zehn Uhr abends haben wir uns verabschiedet. Wir nahmen die achthundert, wie immer, wenn wir zurück zum Haus fahren."

„Haus? Sie sagten, Sie wären auf Urlaub hier."

„Lisas Familie besitzt ein Beach Haus am Lake Sagonay. Das benützen wir, wenn wir hier sind. Schon seit Jahren."

„Wie heißen die Eltern Ihrer Frau?"

„Greg und Ann Jordan. Er ist Arzt in La Porte. Wollen Sie die Adresse?"

„Gern."

„Maple Street 2, glaube ich. Kann aber auch vier sein, genau weiß ich es nicht. In La Porte kennt ihn jeder."

„Und dann?"

„Dann haben wir diese Hirschkuh angefahren. Wir kamen über den Hügelkamm und sie stand mitten auf der Straße. Lisa konnte nicht rechtzeitig bremsen. Als das Reh in letzter Minute zur Seite springen wollte, hat sie das Hinterteil noch erwischt."

„Vielleicht sollten wir uns das ansehen", sagt der Polizist und steigt aus. Mit Halder und Luke im Schlepptau geht er zu dem Kadaver. Fliegen sitzen auf den offenen Wunden. Der Mann sieht lange auf das Einschussloch im Kopf des Rehs. „Waren Sie das?", fragt er.

„Nein, einer der Männer hatte eine Pistole."

„Durchschuss", sagt der Polizist. „Wir müssen die Kugel finden. Aber das kommt alles später. Erzählen Sie weiter."

„Es gibt nicht mehr viel. Wir konnten nicht anrufen und nicht mehr fahren. Das Auto war kaputt, es war spät und um diese Zeit wäre niemand mehr auf den Straßen im Hinterland unterwegs, sagte einer der Männer, der sich anscheinend in der Gegend gut auskannte. Also boten sie an, Lisa zur Polizei zu fahren, um den Unfall zu melden. Ellen, meine Tochter, fuhr mit, weil sie Lisa nicht allein lassen wollte. In etwa zwei Stunden wollten sie zurück sein."

„Ellen?", fragt der Polizist.

„Ja, meine Tochter, elf Jahre, wie Luke gesagt hat. Ich dachte, die Männer bringen sie nach La Porte, Lisa meldet alles, und Sie, oder einer Ihrer Kollegen, bringt sie wieder zurück. Um das Tier und das kaputte Auto wollten wir uns am nächsten Tag kümmern. Wir haben ja Familie hier, wir wollten uns das Auto meines Schwiegervaters leihen, bis wir einen neuen Mietwagen bekommen hätten. Ich habe mir nichts dabei gedacht, es schien alles so logisch."

„Wann ist Ihre Frau von hier weggefahren?"

„Es muss so gegen elf Uhr abends gewesen sein."

Der Mann schüttelt besorgt den Kopf. „Zwölf Stunden", sagt er. „Hatten Sie Streit?"

„Nein, wie kommen Sie darauf? Ich wollte nicht, dass sie geht, aber sie war gefahren, und so machte es Sinn, dass sie alles meldet. Außerdem ist ihr Englisch besser als meins, Sie hören ja, dass ich Ausländer bin."

„Woher kommen Sie?"

„Aus Berlin."

„Und wie lange wollen Sie noch bleiben?"

„Wir wollten übermorgen zurückfliegen."

„Zwölf Stunden", sagt der Mann erneut, als liege darin alles verborgen. „Vielleicht ist es besser Sie geben eine Vermisstenanzeige auf. Normalerweise geht das erst nach 24 Stunden, aber in Ihrem Fall. - Ich bringe Sie jetzt nach Hause, wenn Sie wollen. Dann fahre ich zurück ins Revier, um alles noch einmal durchzuprüfen, nicht, dass die beiden irgendwo auf Sie warten."

„Wenn es Ihnen nichts ausmacht, bringen Sie uns bitte zu meinen Schwiegereltern. Dort kann ich telefonieren und kriege ein Auto. Ich hoffe auch, dass Lisa dort eine Nachricht hinterlassen hat, oder bereits auf uns wartet. Wären Sie einverstanden?"

„Natürlich, vielleicht löst sich dort ja alles in Wohlgefallen auf." Der Polizist wirkt hoffnungsvoll, und klopft Luke beruhigend auf die Schulter.

Die Tür von Lisas Elternhaus ist wie immer nicht verschlossen. Als Halder eintritt bleibt er einen Moment im Vorraum stehen, wo die Bilder der Kinder aufgereiht sind. Lisa, zusammen mit Ellen und Luke, ich habe die Aufnahme in Berlin gemacht, denkt er.

Luke, der sofort weiter gestürmt ist, kommt mit der Schwiegermutter an der Hand zurück. „Was ist passiert? Warum steht die Polizei vor dem Haus? Wo sind Lisa und Ellen?"

„Erzähl ich euch gleich", sagt Halder, und nickt dem Schwiegervater zu. „Ich bitte den Polizisten nur kurz herein, damit er euch kennen lernt. Er fährt gleich weiter aufs Revier, mehr kann er im Moment nicht tun, sagt er."

„Um Himmels willen, was ist passiert?"

„Gleich Mutter", sagt Halder, geht zum Auto, spricht ein paar Worte mit dem Polizisten und kommt mit ihm im Schlepptau zurück.

„Jerry Miller", sagt der Mann, und reicht Lisas Eltern die Hand. „Ihr Schweigersohn hatte einen Unfall, aber das erzählt er Ihnen besser selbst. Ich mache mich dann auf den Weg. Wenn die Vermisstenanzeige durchgeht, wird sich jemand anders bei Ihnen melden. Jemand, der sich bei solchen Sachen besser auskennt. Ich bin nur ein Verkehrspolizist", sagt er bedauernd. „Ihren Namen hätte ich noch gerne", bittet er Lisas Vater, bevor er geht.

„Selbstverständlich. Ich gebe Ihnen eine Visitenkarte."

Nachdem der Polizist abgefahren ist, sehen alle erwartungsvoll auf Halder. Luke hat sich an seine Großmutter geschmiegt, als könne er bei ihr Schutz finden.

„Aber so rede doch endlich", stammelt Ann.

„Ich hatte so gehofft, dass sie bei Euch sein würden. Aber schon als ich eintrat, war klar, dass es nicht stimmt. Ellen wäre längst zu uns gerannt."

„Was ist passiert?", fragt Gregg streng.

Halder atmet tief durch und erzählt erneut die Geschichte der Nacht. Mit jedem Mal erscheint sie ihm unwahrscheinlicher. Am Ende sagt er: „Ich weiß nicht, was ich tun soll."

„Du denkst, sie wurden entführt?", fragt Gregg.

„Ich weiß es nicht", sagt Halder.

„Falls sie entführt wurden geht ja bald eine Lösegeldforderung ein, dann wissen wir wenigstens, wie wir dran sind", sagt Ann, und drückt Luke an sich. „Es wird alles gut, mein Junge. Habt ihr gefrühstückt? Ihr müsst Hunger haben, die ganze Nacht im Auto und jetzt ist bereits früher Nachmittag."

„Ich habe keinen Hunger", sagt Halder.

„Ich schon", sagt Luke kleinlaut.

„Komm", sagt Ann, „ich mache dir etwas zu essen."

Als die beiden in der Küche verschwunden sind, fragt Lisas Vater: „Du denkst, es könnte noch schlimmer sein? Ich seh's dir an."

„Ich weiß nicht, was ich denken soll. Ich habe nur noch Leere im Kopf und mache mir Vorwürfe."

„Warum? Weil du und Luke nicht mitgefahren seid?"

„Ja, der eine hatte einen Revolver", sagt Halder. Er merkt sofort welch grauenvoller Satz das ist, als hätte er sie absichtlich ausgeliefert. „Ich hielt die Männer für vertrauenswürdig, du musst mir glauben."

Für eine Weile sitzen sie sich schweigend gegenüber, dann geht Gregg in die Küche und nimmt Luke in den Arm.

Auf einmal klingelt das Telefon. „Ja, er ist hier" antwortet Gregg. „Möchten Sie mit ihm sprechen?" Er reicht Halder den Hörer und sagt: „Ein Mann von der Polizei, er will vorbeikommen."

Halder zögert, als fürchte er etwas Schreckliches zu erfahren, doch schließlich nimmt er den Hörer: „Jörg Halder."

„Sind Sie der Mann, dessen Frau und Tochter heute Nacht verschwunden sind?", fragt eine sonore Stimme.

„Verschwunden? Ich weiß nicht was passiert ist. Wer sind Sie?"

„Polizeiinspektor Jerry Walton. Ich kümmere mich um Vermisstenfälle. Ich würde mich gerne mit Ihnen ausführlicher unterhalten. Sie haben inzwischen nicht zufällig etwas von Ihrer Frau gehört. Einen Anruf bekommen, von ihr, oder einem der Männer, könnte ja sein."

„Nein, nichts. Wann können Sie hier sein?"

„In einer halben Stunde, wenn Ihnen das Recht ist."

„Ja natürlich, kommen Sie bitte so bald wie möglich."

Nachdem Halder aufgelegt hat, sagt er zu seinen Schwiegereltern. „Er kommt in einer halben Stunde. Ein Inspektor, der sich bei Vermisstenfällen auskennt. Ich hoffe ihr seid einverstanden, dass er hierherkommt. Falls wir danach zur Unfallstelle fahren, darf ich Luke bei euch lassen? Er ist schon jetzt ziemlich durcheinander."

„Warum fragst du überhaupt?"

Halder hält es nicht in seinem Sessel. Schließlich geht er in die Küche, isst ein paar trockene Cornflakes, und stellt sich ans Fenster, um die Straße im Auge zu behalten. Wie angekündigt, erscheint nach einer halben Stunde ein neutrales Auto, aus dem ein fülliger Mann steigt. Sein Anzug ist zerknittert und sitzt schlecht. Die Hosenbeine hören weit über den Knöcheln auf und geben ein paar stämmige Beine frei. Die Jacke beult sich unter der Brusttasche. Ein Pistolenhalfter, denkt Halder.

Er geht zur Tür, und reicht Walton die Hand. „Jörg Halder", sagt er, „wir haben telefoniert. Wollen Sie hereinkommen, oder möchten Sie lieber gleich zur Unfallstelle fahren?"

„Ist wohl besser wir fahren gleich. Wo ist Ihr Junge? Der Kollege sagte, es wäre ein Junge bei Ihnen."

„Ja, Luke, er bleibt so lange bei meinen Schwiegereltern. Wir können sofort los, wenn Sie wollen. Irgendwelche Fragen kann ich Ihnen auch im Auto beantworten."

„Natürlich."

Sie schnallen sich an, während das Geknatter des Polizeifunks den Innenraum des Autos füllt. Walton schaltet ab und fragt: „Wie lange sind Sie und Ihre Frau schon verheiratet? Sie ist Amerikanerin, von hier aus der Gegend, steht im Bericht des Kollegen."

„Seit fünfzehn Jahren. Wir haben beide in Chicago studiert. Als wir abgeschlossen hatten, ging sie mit mir nach Deutschland."

„Haben Sie je bereut zurück zu gehen? Wir Amerikaner denken immer wir leben im besten Land der Welt."

Halder lächelt. Er will Vertrauen schaffen, denkt er, als hätte er es nötig. Dabei ist er der Einzige, der mir jetzt helfen kann. „Nein", sagt er. „Wir sind gern in Berlin. Lisa und Ellen haben die Stadt immer gemocht." Er beißt sich auf die Zunge, und denkt entsetzt: Warum rede ich von ihnen in der Vergangenheit, was passiert mit mir?

Walton überquert die Mautstraße und biegt auf die Achthunderter Landstraße. Endlose Maisfelder stehen auf beiden Seiten. Ein Labyrinth, denkt Halder, sie können überall sein.

Als sie an der Unfallstelle halten, sieht Halder, dass der Kadaver des Rehs bereits abgeholt wurde. Der Mietwagen steht immer noch am Rand der Straße, das geschredderte Vorderrad grotesk nach außen gedreht.

„Haben Sie die Mietwagengesellschaft bereits informiert?", fragt Walton.

96

„Nein, ich dachte Sie könnten es noch zur Spurensicherung brauchen."

„Die Männer saßen ja nicht drin in Ihrem Auto. Oder doch?"

„Der eine hat sich den Schaden genauer angesehen. Ich glaube nicht, dass er sich abgestützt hat."

„Haben sie geraucht?"

„Nein, ich versuche aufzuhören."

„Ich meine, einer der Männer?"

„Ich kann mich nicht daran erinnern. Nein, das Glühen der Zigarette hätte ich bemerkt."

„Zeigen Sie mir, wo deren Auto stand."
Er hat die Männer in Verdacht, denkt Halder. Eine Entführung, aber warum gerade Lisa, sie kannten uns doch gar nicht. Und warum melden sie sich nicht? „Hier, sagt er, und deutet auf eine Stelle im Gras neben der Teerdecke, ein paar Meter entfernt vom Mietwagen.

Der Polizist geht auf dem Asphalt auf und ab, untersucht den Boden. Dann beugt er sich tief hinunter und betrachtet eine aufgeraute Stelle in der weichen Schulter der Straße. Nach einiger Zeit steht er auf und schüttelt den Kopf: „Nicht verwertbar. Der Boden ist zu trocken, um das Reifenprofil abzubilden. Nur Schürfspuren von jemand, der scharf bremsen musste. Könnte auch schon vorher dagewesen sein."

„Sie denken an eine Entführung?", fragt Halder.

„Ich denke an gar nichts, versuche mir nur die Szene in der Nacht vorzustellen. Vielleicht wollten sie ja wirklich helfen. Und dann ist auf der Fahrt nach La Porte etwas passiert."

„Der eine hatte eine Pistole", sagt Halder lahm.

„Die haben hier viele. Ich hätte das Reh auch erschossen, so wie es zugerichtet war, wie Sie sagen."

„Und, was passiert jetzt?"

„Lassen Sie das Auto abholen, und verschieben Sie ihren Rückflug um ein paar Tage, vielleicht melden sie sich ja doch, dann brauchen wir Sie. Kommen Sie mit aufs Revier für ein Phantombild, so gut es geht. Ansonsten können wir nur warten, und uns umhören."

„Es war dunkel."

„Sie sind der Einzige neben ihrem Sohn, der dabei war. Jedes Detail hilft, versuchen Sie sich zu erinnern, so gut es geht."

Die Rückfahrt zum Haus der Schwiegereltern kommt ihm wie eine lang gezogene Folter vor. Baumtunnel, undurchdringlich, nur gelegentlich unterbrochen durch die Einfahrt zu einem im Wald versteckten Haus. Einfache, mit Blech gedeckte Kästen meist, häufig ein Trailer Home daneben. Die Landschaft eine einzige, endlose Welle. Das schwerelose Gefühl für einen Moment, wenn das Auto über einen Hügel fliegt, als würde es gleich danach abheben. Zabriskie Point, denkt Halder, Wunderland, Faszination der unbegrenzten Möglichkeiten, alles weg. Ich würde mich sicherer fühlen, wenn es in der Stadt passiert wäre. Bullit on Filmore Street in San Francisco. Zu viele Bäume hier.

Als Walton, nach dem nutzlosen Versuch ein Phantombild zu erstellen, gegangen ist, spürt Halder die Erwartung der Schwiegereltern. Er verschiebt den Rückflug, sie holen das Gepäck aus dem Seehaus und ziehen in das Gästezimmer der Jordans. Doch mit jedem Tag, der verstreicht, ohne dass etwas passiert, steigt die Spannung. Nach einer Woche, sagt Ann. „Jörg, ich glaube es ist besser ihr fliegt zurück nach Berlin. Du kannst hier nichts tun, außer warten. Das geht besser zu Hause. Es wäre auch gut für Luke, er braucht seine gewohnte Umgebung. Hier langweilt er sich nur, und versteht nicht was passiert ist. Wir verstehen es ja auch nicht."

Sie geben mir die Schuld am Verschwinden der beiden, denkt Halder, als er den Rückflug bucht. Dabei frage ich mich auch, was ich hätte anders machen müssen. Der eine mit der Pistole, ich habe ihm nicht vertraut, aber warum habe ich sie dann mit ihnen fahren lassen. Es schien so logisch. Sie liefern sie bei der Polizei ab, und in einer Stunde sind sie wieder zurück. So ist es meistens, man nimmt sich etwas vor, und dann findet es statt. Warum sollte es diesmal anders sein. Trotzdem hätte ich wissen müssen, dass es schief gehen kann. Lisa ist eine attraktive Frau. Es war Nacht. Alles kann in der Nacht passieren.

Zurück in Berlin versucht er eine Art Alltag aufzubauen, aber es gelingt nur schlecht. Er versucht Lisas häusliche

Routine zu simulieren, doch auch da scheitert er. Er will arbeiten, aber es geht nicht. Mit der Zeit wird Luke zu seiner einzigen Stütze, dabei spürt er, wie sehr der Junge leidet.

Ein halbes Jahr nach ihrem Verschwinden kehrt langsam ein prekärer Alltag zurück. Luke geht gerne zur Schule, und Halder bekommt seinen alten Arbeitsplatz zurück. Nur manchmal überfällt ihn nachts eine plötzliche Panik. Dann liegt er stundenlang schweißgebadet im Bett, unfähig sich zu rühren. Luke gibt ihm Halt, sie reden über seine Freunde, die Aufnahme in der Fußballmannschaft, die bevorstehende Mathematik-Arbeit, wie zwei alte Kumpel, die ein unsichtbares Band zusammenhält. Nur über Lisa und Ellen reden sie nie.

An einem Frühlingstag, sagt Luke beim Abschied am Schultor, ganz beiläufig, als wolle er ihn nicht verletzen. „Du musst mich jetzt nicht mehr bringen. Ich komme schon klar." Halder nickt, gibt ihm einen Klaps auf die Schulter, und sieht ihm lange nach, wie er mit seinem Rucksack über den Schulhof trottet, die Treppen zum Eingangsportal hochgeht und verschwindet, ohne sich noch einmal umzudrehen.

Ich habe nur noch ihn, denkt Halder, vielleicht schaffen wir es doch, wir beide. Er dreht sich um und nimmt die Ackerstraße zurück, einen Weg, den er sonst nie geht. An der Kreuzung zur Bernauer tritt er auf die Straße und wäre ums Haar überfahren worden. Erst als das Auto mit quietschenden Reifen zum Stehen kommt, schrickt er auf. Entschuldigend hebt er die Arme. Ich muss kurz weg gewesen sein, denkt er, es passiert zu oft in letzter Zeit.

Er überquert die Bernauerstrasse, achtet genau auf die Ampel und lässt sich mit den Touristen durch die Mauer Gedächtnisstätte treiben. Die Menschen um ihn herum beruhigen ihn, doch wenn er versucht eine der Erinnerungstafeln zu lesen, merkt er, dass nichts hängen bleibt. Vielleicht wäre es besser gewesen das Auto hätte mich erwischt, denkt er, als er sich auf den Weg nach Hause macht.

Jörg Halder weiß, dass sein Leben zerbrochen ist. In zwei Teile, die nicht mehr zusammengehören. Alles was jetzt stattfindet, und in Zukunft stattfinden wird, wird irgendwie unbedeutend sein, denkt er. In ihm herrscht eine Leere, die sich nicht füllen lässt.

Er steht gerne auf, um Luke zur Schule zu bringen, ihm ein Frühstück zu machen und sich zu rasieren. Er selbst isst kaum etwas, raucht nur schnell eine Zigarette auf dem Balkon, bevor sie gemeinsam losgehen. Manchmal, wenn er in die leere Wohnung zurückkehrt, legt er sich angezogen wieder auf das viel zu große, ungemachte Bett und versucht zu schlafen.

Alle hatten ihn angesehen, ungläubig, mitleidig, als verstünden sie nicht, wie so etwas passieren konnte. Es gab keinen Bericht über das Verschwinden der beiden, nichts, weder in den USA, wo es passierte, und schon gar nicht in Berlin. Ohne Luke hätte er längst gezweifelt, ob es so stattgefunden hatte, wie es in einer Endlosschleife in seinem Kopf ablief. An manchen Tagen betrachtete er Fotos der beiden, um sich zu versichern, dass sie überhaupt je existiert hatten. Doch es schmerzte zu sehr. Und eines Tages nahm er all ihre Bilder von der Wand, weil er die Pein nicht mehr ertrug.

****

An einem Tag, wie jedem anderen, schließt er die Tür auf, und als er in die Wohnung tritt, glaubt er zu spüren, dass sich etwas verändert hat. Er sieht das Blinken des Anrufbeantworters, will die Nachricht aber nicht abhören. Luke ist noch nicht zurück vom Fußball Training. Er muss jedoch jeden Moment kommen, denn sie haben sich vorgenommen in einer Kneipe in der Nachbarschaft zu essen. Luke liebt die Bedienung, weil er glaubt, dass sie Lisa ähnelt. Er spricht nicht darüber, doch Halder schließt es aus der Art, wie er sie ansieht, wie er mit ihr spricht.

Schließlich zwingt sich Halder doch die Nachricht abzuhören. Die verzerrte Stimme Jerry Waltons klingt aus dem Anrufbeantworter. Er bittet um seinen Rückruf, es hätte sich eine neue Spur ergeben. Vielleicht müsse er sogar zurückkommen zwecks Gegenüberstellung. Alles andere müsse er ihm am Telefon erklären. Halder spürt, wie ihm der Schweiß ausbricht. Der Atem wird kurz und flach. Ich kann das nicht, denkt er, alles noch einmal durchlaufen, die Unsicherheit, die Hoffnung, die Enttäuschung, ich schaffe das nicht.

Er sitzt noch immer paralysiert neben dem Telefon, als Luke die Tür aufsperrt.

„Ist etwas passiert?", fragt er unsicher.

„Wir haben einen Anruf bekommen, aus den USA. Von dem dicken Polizisten, den du nicht ausstehen konntest. Seine Stimme ist noch auf dem Tonband, du kannst ihn hören, wenn du willst. Ich muss vielleicht noch einmal in die Staaten."

„Wegen Mama und Ellen?"

„Ja."

„Sind sie wieder da?"

„Ich weiß es nicht."

„Wer hat angerufen? Grandpa?", fragt Luke, als hätte er nicht zugehört.

„Nein, der Polizist, du hast ihn in Grandpas Haus kennen gelernt. Er will, dass ich ihn anrufe."

„Der Dicke, der so nuschelte, dass wir ihn fast nicht verstanden haben? Er konnte uns nicht helfen, du hast es selbst gesagt."

„Ja, der."

„Und, hast du zurückgerufen?"

„Nein, noch nicht."

„Warum nicht?"

Halder atmet tief durch und zuckt hilflos mit den Schultern. „Ich habe Angst", sagt er schließlich.

Luke nickt verständnisvoll und sagt dann tapfer: „Ruf an, vielleicht ist es ja eine gute Nachricht."

„Vielleicht", sagt Halder.

Er nimmt den Hörer zur Hand und wählt Waltons Nummer. Es läutet lange bis eine Frau rangeht und sagt, dass Walton erst am Abend erreichbar ist. Erleichtert legt Halder auf. „Komm, lass uns essen gehen. Der Polizist ist nicht da, ich versuche es später noch einmal."

Als er Walton kurz nach Mitternacht endlich erreicht, ist gerade sechs Uhr vorbei in La Porte. Walton erzählt ihm, dass sie einen Überfall auf einen Supermarkt hatten. Einer der beiden Männer wurde dabei erschossen, der andere säße im Gefängnis.

Was geht das mich an, denkt Halder fast erleichtert. Doch dann sagt Walton, dass sie das Trailer-Home der beiden durchsucht hätten. Es befinde sich nicht weit von seiner Unfallstelle entfernt. Da hätten sie Lisas Handtasche gefunden, mit allen Papieren. Das müsse noch nichts bedeuten, aber es wäre die erste verwertbare Spur. Wenn es ihm irgend möglich sei, solle er kommen, vielleicht könne er den Überlebenden des Raubs erkennen. Oder auch den Toten, sie würden ihn solange in der Pathologie halten. Das würde sie einen riesigen Schritt voranbringen. Wir übernehmen natürlich die Kosten des Flugs, fügt er noch hinzu.

„Es kommt so plötzlich, ich weiß gar nicht, was ich sagen soll", stammelt Halder.

„Verstehe ich", sagt Walton. „Aber es ist Ihre Frau, Ihre Tochter. Ich möchte den Fall nicht ungelöst ablegen. Und es ist eindeutig die Handtasche Ihrer Frau. Rufen Sie mich morgen wieder an, selbe Zeit, selbe Nummer. Ich hoffe Sie können kommen."

Für eine Weile sitzt Halder da, den Hörer in der Hand und starrt in die Dunkelheit. Dann geht er zu Luke ans Bett und sieht, dass er noch wach ist. „Ich werde fliegen", sagt er. „Morgen rufe ich Oma an, sie bleibt inzwischen bei dir. Mach dir keine Sorgen, ich bin so schnell wie möglich zurück." Dann gibt er sich einen Ruck und ruft seinen Schwiegervater an. Er erzählt ihm von dem Gespräch mit Walton und bittet darum für ein paar Tage das Seehaus benützen zu dürfen.

„Natürlich", sagt Greg. „Wann kommst du?"

„Mit dem nächstmöglichen Flug. Ich miete einen Wagen und komme zuerst bei Euch vorbei. Wenn du willst, kannst du mit Walton direkt reden. Vielleicht ist das einfacher, als über eine verzerrte transatlantische Leitung."

„Danke Jörg. Ich gebe Ann Bescheid."

****

Das Fenster gibt den Blick frei auf den See, der nur wenige Meter entfernt vor ihm liegt. Das Grau des Himmels geht nahtlos in den verschwimmenden Horizont über, hinter dem sich um diese Tageszeit das andere Ufer verbirgt. Das Wasser erkennt er nur durch das leichte Kräuseln der Wellen. Der Mittelbalken des Fensters teilt das Bild zweier Bäume neben dem Haus. Halder fragt sich, weshalb die Buche mit Efeu bewachsen, während der andere Baum, den er nicht kennt, völlig kahl ist. Er hört das Schlagen der

105

Reifen der schweren Laster auf der Autobahn über dem See. Hinter ihm tickt eine Uhr, die er früher nicht bemerkt hat. Er dreht sich um und sieht auf das Regal, in dessen Büchern er früher gerne gestöbert hat. Auf einmal spürt er die Last der beiden Körper. Nebeneinander lagen sie, als wollten sie sich noch im Tod umarmen. Walton will mir nicht sagen, wie sie starben, was sie mit ihnen anstellten, bevor sie erschossen wurden. Derselbe Revolver mit dem sie das Reh erschossen, als wäre es ein und dasselbe.

In dem Haus am See hat Lisas Vater ein Zimmer angebaut, ein kleines Zimmer mit Blick aufs Wasser, in dem Lisa gerne saß und las. Eine Skulptur aus Holz steht davor, schon halb verwittert, die Form eines weiblichen Torsos, eine Art primitives Altarstück. Wir waren gern hier, denkt Halder, die Nachbarn sind gute Menschen, verlässlich, die Straßen ruhig in der Nacht. Und jetzt? Die Bücher, denkt er, ich weiß nicht einmal welche davon Lisa gelesen hat. Ich muss hier weg, Luke wartet auf mich. Wir werden es schaffen.

Das Ende einer Beziehung

Verena nahm den Direktflug von München nach Johannesburg und wartet nun seit einer Stunde im Flughafen-Café auf Joao, der sie abholen wollte. In der Nacht hat sie kaum geschlafen, die unbequemen Sitze in der Economy, ein Kind, das sich nicht beruhigen ließ. Sie sah zwei Filme an, doch die meiste Zeit dachte sie an Joao.

Nach dem zweiten Kaffee fragt sie sich, ob der verabredete Treffpunkt stimmt, ob Joao womöglich woanders im Terminal längst auf sie wartet. Ob auf Johannesburgs Straßen etwas passiert sein könnte: Ein Kerl ohne Führerschein drückt aufs Gas, weil er allen zeigen will, was für ein toller Hecht er ist. Er verliert die Kontrolle und rammt in Joaos Auto. Tot beide, es passiert jeden Tag, denkt sie.

Doch dann steht er plötzlich vor ihr. Scheu, zurückhaltender, als sie es von ihm gewöhnt ist.

„Entschuldige, ich kam nicht rechtzeitig los, Vater hatte ein Problem. Er wird langsam verwirrt. Ich gab der Haushälterin frei, weil ich übers Wochenende mit ihm allein sein wollte. Aber dann brauchte ich sie doch, und musste sie erst wieder reaktivieren. Schön, dass du da bist."

Sie steht auf und küsst ihn, spürt seine Distanz. Wir haben uns lange nicht gesehen, denkt sie. „Musst du wieder zurück zu Hernan?"

„Nein, ich kann ihm nicht helfen, er erkennt mich kaum noch. Amukeli weiß, was sie tun muss, um ihn zu beruhigen, sie ist eine gute Haushälterin, er mag sie. Er ist verwirrt, die Bilder unserer Flucht durch den Krügerpark kommen zurück und plagen ihn. Nachts ist er dann sehr unruhig. Ich frage mich, ob ich es bin, der diese Bilder in ihm auslöst."

„Meinem Vater ging es ähnlich, er begann zu fantasieren und machte mir Vorwürfe, dass ich immer noch mit Viktor befreundet sei, der ihm die Firma gestohlen habe. Dabei ist es Viktor, der die Familie vor dem Ruin gerettet hat. Aber das wollte Vater bis an sein Ende nicht wahrhaben. - Fahren wir? Vielleicht kann ich im Auto ein paar Minuten schlafen. Verzeih mir, aber ich hatte eine schreckliche Nacht."

„Was war los?"

„Nichts Besonderes, ich mag nur diese Langstreckenflüge nicht. Ich werde alt."

„Na, alt sieht anders aus", lacht er, und streicht ihr übers Haar. „Lass uns gehen. Was hast du gehabt?"

„Zwei Kaffee und einen Orangensaft."

****

Er fährt ruhig und gleichmäßig, fließt mit dem Verkehr und wechselt nur selten die Spur. „Schlaf", sagt er nach einiger Zeit, als er sieht, wie ihr immer wieder die Augen zufallen. „Später brauche ich dich wach. Ich habe dir viel zu erzählen."

Kurz vor Phokeng, als der Schotter der Abfahrt zu seinem Haus gegen den Unterboden des Autos prasselt, wacht sie auf.

„Habe ich die ganze Zeit geschlafen?"

„Ja, und ein bisschen geschnarcht. Es war schön dich so entspannt zu sehen."

„Entschuldige. Wie weit ist es noch?"

„Wir sind gleich da. Dort hinter der Kuppe kommt ein Feldweg, den nehmen wir, und dann sind es nur noch ein paar hundert Meter bis zu meinem Haus."

„Hast du es gekauft?"

„Nein, nur gemietet. Es gehört der Royal Bafokeng Nation, meinem Arbeitgeber", fügt er erklärend hinzu. „Ich kann dir nicht sagen, wie lange ich es hier auf dem Land aushalte, falls du das fragen willst", fügt er lachend hinzu. „Im Moment gefällt es mir noch."

Er nimmt einen Feldweg, dessen Einfahrt kaum zu erkennen ist, und holpert über ein paar ausgewaschene Hügel, bis er vor dem Sicherheitszaun eines weitläufigen Anwesens hält.

Verwundert nimmt sie die Orangenbäume wahr, deren Früchte sich prall und reif vom satten Grün der Blätter abheben. Sie sieht das kleine Areal mit Gemüse, das der Gärtner mit einem improvisierten Zaun vor den Hunden geschützt hat. Joao ein Landschaftspfleger, denkt sie, hätte ich nicht von ihm gedacht.

Mit der Fernbedienung öffnet er das Gatter und sofort stürmen zwei große Hunde auf sie zu. Er stellt den Wagen vor der Doppelgarage ab und bittet sie noch im Auto zu bleiben, bis er die Tiere beruhigt hat. „Willkommen in der temporären Residenz Joao Mwenzas", sagt er mit ausladender Geste, als er ihr die Tür öffnet.

„Seit wann hast du Hunde?" Verena kniet nieder und begrüßt die Beiden, die sie neugierig beschnuppern. „Sie scheinen Fremden gegenüber nicht besonders misstrauisch zu sein. Wie ist das bei Einbrechern."

„Die begrüßen sie leider auch", lacht Joao. „Aber die Einbrecher wissen ja nicht, wie freundlich die Beiden sind. Sie sehen ihre Größe, hören das Bellen und suchen sich hoffentlich ein anderes Haus."

„Lebst du allein? Das Anwesen ist riesig."

„Ich habe eine Haushälterin und einen Gärtner. Meine Zeiten sind nicht so, dass ich auch noch selbst einen Haushalt führen könnte. Du wirst sie gleich kennen lernen." Mit einer flüchtigen Geste weist er auf den Hain hinter dem Haus. „Die Orangen sind gerade reif, sie schmecken wunderbar."

Nach dem Abendessen, die Haushälterin hat sich längst zurückgezogen, sitzen sie in Joaos Bibliothek bei einem Glas Wein. Regale voller Bücher über Afrika und dem Kolonialismus bedecken die Wände aus gebrannten Ziegeln. Das herunter gedimmte Licht gibt dem Raum das Gefühl einer Höhle. Einer der Hunde hat sich neben Verena auf die Couch gelegt und den Kopf in ihrem Schoß vergraben. Sie streichelt ihn, in Gedanken bei Joao. „Warum hast du deinen Job in der Regierung aufgegeben?", fragt sie entspannt.

Joao schnaubt kurz durch die Nase, als hätte er die Frage schon oft gehört. „Der Wechsel ist mir anfangs schwergefallen, denn eigentlich wollte ich noch die Wahlen abwarten, aber dann ging es einfach nicht mehr. Ich hasste es zunehmend, wie sich der ANC aufführte, als gehöre ihm das Land. Es begann schon unter Mbeki, aber unter Zuma brachen alle Dämme. Die Shaiks, ein paar windige Geschäftsleute, mit denen sich Zuma verbunden hatte, gaben mir den Rest. Sie hatten sich an dubiosen Waffengeschäften mit den Franzosen bereichert und natürlich ließen sie Zuma teilhaben. Es gab eine Untersuchung, aber das Gericht konnte oder wollte nichts finden. Mbeki gelang es gerade noch Zuma als Deputy zu verhindern. Zu mehr reichte seine Macht im ANC schon nicht mehr." Es sprudelt richtiggehend aus Joao heraus, als hätte er endlich jemand gefunden, bei der er sich nicht zu zügeln braucht. „Es wurde ein zunehmend schmutzigerer Machtkampf innerhalb der Partei, den Mbeki, der Feingeist und Akademiker, verlor. Er wurde als Bannerträger des Westens gesehen, als Intellektueller, der auf internationalen Konferenzen zu glänzen verstand, während Zuma sich als Mann des Volkes gerierte. Er war mit Mandela auf Robben Island gewesen, das reichte, um ihm alles zu verzeihen, seine Korruption, seine Vergewaltigungen, sein blödsinniges Gewäsch über AIDS. - Ich habe alles mitgetragen, bis die Übergriffe auf Flüchtlinge begannen. Sie wurden hingeschlachtet wie Vieh. In meinen Augen verhielten wir uns kaum anders als unter der Apartheid

111

in Sharpeville. Und als ich das sagte, wurde ich geschnitten. Einflussreiche Leute im ANC legten mir nahe mich umzusehen, die Regierung bräuchte eine geschlossene Mannschaft, hieß es."

Verena spürt seine Bitterkeit, und dass er noch nicht fertig ist. Geduldig wartet sie auf mehr.

„Zuvor hatte ich den König der Bafokeng kennen gelernt, der mich zu sich holte. Aber Pretoria schmeißt mir einen Knüppel nach dem andern zwischen die Beine, sodass ich zum Ballast für die Bafokeng geworden bin. Noch sagen sie es mir nicht ins Gesicht, aber die ersten Anzeichen sind untrüglich. - Ich muss raus aus Südafrika, irgendwo anders neu anfangen. Plötzlich haben sich einige erinnert, dass ich ursprünglich aus Mozambique stamme, das macht es nicht leichter für mich. Aber so einfach kann ich nicht weg, so lange Vater hier lebt." Er nimmt sein Glas und prostet Verena zu. „Auf dein Wohl, jetzt weißt du, wie es mir geht."

„Es hört sich schrecklich an."

„Nicht wirklich. Ich jammere auf hohem Niveau und habe etwas zurückgelegt. Australien wäre eine Option. Kämst du mich besuchen?"

„Es soll ein fantastisches Land sein. - Vielleicht ist es nicht allein die Situation in Südafrika, Joao, die dich plagt. Wir beide wollen uns nicht mehr verbiegen. Der immer gleiche Trott, der uns seit Jahren gefangen hält, macht uns zu schaffen. Ich überlege auch etwas anderes zu tun."

„Und, hast du schon eine Idee?"

„Ich habe mich bei den Ärzten ohne Grenzen beworben."

„Toll. Wundert mich eigentlich nicht. Etwas Ähnliches habe ich längst vermutet. Wann und wo fängst du an?"

„Sie haben sich noch nicht gemeldet."

„Vielleicht kann ich dir helfen. Ich kenne einen ihrer Administratoren, ein guter Mann, ich könnte mich für dich einsetzen. Natürlich nur wenn du willst", schiebt er schnell hinterher, als er ihre abwehrende Reaktion sieht.

„Warten wir's ab, vielleicht kommt die Zusage ja bald. - Was glaubst du, was heute alles schiefläuft?", wechselt sie das Thema.

„In der Welt?"

„Ja, überall. Wir sind dabei uns umzubringen. Die Atmosphäre haben wir schon geschafft, als nächstes kommt das Wasser. In manchen Gegenden ist es bereits weg und wir wundern uns warum sich die Leute auf den Weg machen. Mehr als sterben können sie schließlich nicht. Sag du's mir, du beschäftigst dich mit solchen Sachen."

Joao schüttelt den Kopf und schenk die Gläser nach. „Ich bin davongelaufen, Verena. Du hast Recht, es gibt viel zu reparieren, aber wir reden nur, und keiner will damit anfangen. Die endlosen Konferenzen öden mich nur noch an. Ich will etwas machen, das ich wenigstens teilweise beeinflussen kann. - Viktor hat gefragt, ob ich mit ihm zusammenarbeiten könnte. Was denkst du?"

„Waffenhandel?"

„Nein, seine Firmen brauchen Kontrolle, Aufsichtsgremien und so. Aber ich frage mich natürlich, was dahintersteckt. Du kennst Viktor, er macht nichts ohne einen Plan. Er hat davon gefaselt, die syrischen Aufständischen zu beliefern, die Guten, wie er sagt. Ich glaube, er weiß nicht von was er redet. Er findet es besser zu agieren, sagt er, als an der Seitenlinie zu sitzen und zu warten, dass sich die Dinge von allein regeln."

„Meinst du das im Ernst?", fragt sie alarmiert.

„Mit Viktor, oder Syrien?"

„Mit Viktor, Syrien erscheint mir so hanebüchen, dass ich gar nicht darüber nachdenken will."

Er schweigt, ihm ist anzusehen, wie es in ihm arbeitet. Plötzlich bricht es aus ihm heraus. „Ich möchte wenigstens einmal auf der Seite der Sieger stehen. Ich will raus aus meinem Schwarz sein. Wir sind das Elend."

„Joao, was redest du? Was ist los mit dir?"

„Seit ich dich kenne, bilde ich mir ein, anders zu sein. Warum sonst hast du mich gewählt, habe ich mir eingeredet. Es war wohl ein Irrtum, wir können nicht raus aus unserer Haut. Ich mag dich, sehr sogar, aber ich will wissen, was euch Weiße antreibt. Warum ihr so seid, wie ihr seid. Wie es euch gelungen ist, uns seit Jahrhunderten zu manipulieren. Deshalb muss ich bei euch arbeiten, wenn ich hierbleibe, erfahre ich es nie. - Ich denke, die Weißen herrschen, indem sie uns unsere Träume verkaufen."

Verena schüttelt vehement den Kopf. „Du bist verwirrt, Joao, für mich warst du nie schwarz", sagt sie betroffen.

„Das sagst du nur, um mich nicht zu verletzen. Wir beide haben uns etwas vorgemacht."

„Nein, und das weißt du auch." Sie klingt traurig und müde. „Tu's nicht Joao, es widerspricht allem, für was du stehst."

Er atmet tief durch. Der Hund ist von Verena zu ihm gewechselt. Gedankenverloren krault er seinen Kopf. „Ich wusste, dass du so reagieren würdest. Keine Sorge, noch ist nichts passiert. - Lass uns über unsere Reise sprechen. Du willst die Felsmalereien doch sehen, oder?", fragt er versöhnlich.

„Ja, gern", sagt sie, in Gedanken noch bei seinem Ausbruch, den sie von ihm am allerwenigsten erwartet hätte.

„Sie sind in der Gegend, durch die wir mit Aaron fuhren, kurz nachdem ich dich kennen gelernt hatte."

„Ja, auf dem Weg nach Kosi", lächelt sie verträumt. „Als ihr beide die Kellnerin, die dir nichts zu essen bringen wollte, am liebsten umgebracht hättet." Verena lacht auf. „So viel zur Bestätigung dessen, was du gerade gesagt hast. Ich hatte es völlig vergessen."

„Siehst du. Du hast gedacht, es wäre vorbei, aber solche Leute sterben nie aus. Und bei uns ist es besonders schlimm. Einigen sitzt die Apartheid immer noch wie ein Tumor im Gehirn. Er müsste herausoperiert werden, aber das brächte sie um."

„Ach Joao, wir allein können die Welt nicht ändern. - Ich freue mich mit dir zusammen zu sein, aber jetzt muss ich schlafen, sonst falle ich um, und du musst mich ins Bett tragen."

„Komm, ich zeig es dir. Du kannst aber auch bei mir schlafen, wenn du möchtest."

Die alte Vertrautheit, denkt sie. „Wahrscheinlich ist es besser, wir bleiben heute Nacht allein, sonst bin ich morgen nicht zu gebrauchen."

„Wie du willst."

Er bringt sie in das Gäste-Zimmer, das die Haushälterin bereits für die Nacht hergerichtet hat. Als er sich mit einem Kuss verabschieden will, hält sie ihn zurück. „Du bist doch nicht böse, oder?"

„Nein, wir haben noch viel Zeit."

****

Ein paar Tage später, während sie das Auto beladen, fragt Verena: „Warum eigentlich so ein dickes Auto, brauchst du es, um Jemand zu beeindrucken?"

Er schmunzelt, die alte Verena, denkt er. „Es fährt sich gut. Allradantrieb, viel Bodenfreiheit. Seit ich es habe, bin ich nirgends mehr aufgesessen. Und sicherer ist es auch."

„Angst? Du?", lacht sie.

„Nein, nicht direkt, aber du weißt ja, wie auf unseren Straßen gefahren wird." Er zuckt mit den Schultern und wechselt das Thema. „Letzthin war ich auf einem Streik der Mi-

116

nenarbeiter, als die Polizei mit scharfer Munition schoss. Ich hatte es nicht für möglich gehalten, nicht mehr nach dem Ende der Apartheid. Später sagten sie, die Arbeiter hätten sie provoziert. Dabei hatten die nur Stöcke und ein paar selbst gebastelte Speere. Es war nur Glück, dass es nicht noch schlimmer kam. - Hast du alles untergebracht, können wir los?"

„Ja. - Du leidest unter deinem Land, nicht wahr?"

„Ein wenig. Du gibst mir die Chance es auszusprechen." Er öffnet das Gatter mit der Fernbedienung und holpert über den ausgewaschenen Feldweg auf die Straße.

Zwei Stunden später umfahren sie Johannesburg, nehmen die N 3 in Richtung Durban und verlassen die Schnellstraße am Mooi-River. In der Nähe Rosettas haben sie ein kleines Hotel gebucht. Das gleichmäßige Dröhnen der Reifen dringt in den Innenraum, keine Musik, keine Nachrichten, die sich überschlagen, kein Gespräch, nur die vorbei gleitende Landschaft. Lang gezogene Hügel steigen auf in Richtung Berge. Dazwischen tiefe Schluchten, die das Land zerfurchen. Am Himmel Wolkenhaufen über endlosem Weideland. Kleine Inseln aus rohen Zementblockhäusern mit strohgedeckten Rundhütten liegen zwischen den Hügeln. Kühe grasen auf den Weiden, hingetupfte Punkte auf einem weiten Grün.

„Das Land der Zulus. Hier sind sie gegen ihre Nachbarvölker angerannt, als Shaka sein Königreich geformt hat, dessen Schatten uns immer noch verfolgt", sagt Joao bitter.

„Warum Schatten, warum verfolgt, es ist eure Geschichte."

„Ja, wenn es gelänge stolz darauf zu sein. Aber die Zulus haben Schlachten gegen die Buren, gegen die Engländer, gewonnen, und trotzdem verloren. Damals wurde die Saat der Apartheid gelegt. Die Weißen wollten nie mehr von den Schwarzen zur Seite gedrängt werden. Glaubst du, dass es jemals aufhört?"

„Was?"

„Diese Angst vor dem Anderen, nur weil wir einander nicht verstehen."

Verena atmet hörbar aus. „Es lässt dich nicht mehr los. Reicht es dir nicht, dass es uns beide gibt, als Beweis, dass es auch anders geht."

„Manchmal denke ich, dass du tief drinnen eine von uns bist."

„Ist das ein Kompliment?"

Er grinst und biegt am Camberg Trading Post auf eine rote Piste ein, die sich bald darauf in der endlosen Weite am Fuß der Drakensberge verliert. An einem mäandernden Fluss, dessen Böschung von den Frühjahrsfluten tief in den Mutterboden gegraben wurde, hält er an. „Ich habe die falsche Abfahrt genommen." Er stellt den Motor ab und sucht im Handschuhfach nach dem Prospekt des Hotels.

„Das ist uns damals auch passiert", freut sich Verena. „Und, findest du, wo's lang geht? Ich bekomme Hunger."

„Ich auch, aber wir müssen leider ein Stück zurück, wenn ich die Wegbeschreibung richtig lese. Schau bitte nach, ob du Empfang hast. Besser wir rufen an, bevor wir im Nichts verschluckt werden."

„Sieht alles noch ziemlich bewohnt aus, in der Nacht sollten wir aber lieber nicht hier herumirren."

„Hast du Empfang?"

„Ja, gib mir die Nummer, bitte."

Verena erreicht das Hotel, doch es fällt ihr schwer ihre Position zu beschreiben. Schließlich einigen sie sich auf eine Strecke, die vom Trading Post sicher zum Hotel führt. „Können wir auch bei Ihnen zu Abend essen?", fragt Verena noch schnell.

„Normalerweise nicht, aber wenn Sie wollen koche ich, ausnahmsweise." Die Stimme der Frau klingt freundlich, als freue sie sich auf ihr Kommen. „Was möchten Sie denn gerne essen?"

„Egal was, entscheiden Sie. Wir sind sehr hungrig."

„Dann bis bald. Versuchen Sie vor Einbruch der Dunkelheit hier zu sein. Falls es doch später wird, rufen Sie wieder an, mein Mann holt Sie dann ab."

****

Nach dem Abendessen, bei einem Glas Wein am Kamin, fragt Verena: „Hast du gewusst, dass Lucy im Nigerdelta war, um eine Geisel zu befreien?"

Joao reagiert überrascht. „Nein. Im Nigerdelta? Eine Geiselbefreiung? Lucy ist Journalistin, was hatte sie dort zu suchen?"

119

„Dasselbe dachte ich auch. Die ganze Aktion muss schief gegangen sein. Lucy wirkte immer noch geschockt, als sie mir die Geschichte erzählte. Zurzeit ist sie bei ihrer Mutter in Berlin. Und ausgerechnet dort wurde sie von ein paar betrunkenen Kerlen überfallen und fast vergewaltigt."

„Fast?"

„Sie konnte sich wehren, und ein Radfahrer kam ihr zu Hilfe." Es scheint ihn nicht sonderlich zu interessieren, denkt Verena, als Joao an ihr vorbei in die Dunkelheit starrt.

„Und die Geisel?"

„Es gab ein Feuergefecht. Sie kam dabei um."

„Eine Frau? Warum erzählst du mir das?"

„Ich dachte Lucy ist unsere Freundin."

„Sie ist deine Freundin. Mich hat sie eher verachtet."

„Warum denkst du das?", Verena klingt überrascht, als könne sie nicht glauben, was sie soeben gehört hat.

„Sie wollte Salger zur Strecke bringen, und alles um ihn herum schien ihr suspekt. Sie machte so Andeutungen, als wir ihn auf der Farm begruben. Sie ist knallhart, und ich habe sie nie verstanden."

„Aber das ist doch Unsinn. Sie bewundert dich, deinen Aufstieg in der Regierung, alles an dir. Manchmal denke ich, sie bräuchte jemand wie dich, der ihr intellektuell gewachsen ist."

„Ich glaube, sie liebt Frauen, dich im Besonderen."

Verena sieht ihn an, als sähe sie einen unbekannten Menschen vor sich. „Wie kannst du so etwas denken?", stottert sie.

„Lassen wir das. Ich bin glücklich mit dir zusammen zu sein, alles andere spielt jetzt keine Rolle. - Ich werde Viktors Angebot ablehnen."

„Wegen mir?"

„Nein, nicht nur. Ich…" Er stockt, scheint zu prüfen, ob es Sinn hat darüber zu reden. Doch schließlich bricht es aus ihm heraus: „Es belastet mich, wie Afrika immer noch als Objekt behandelt wird. Als wäre es ein anderer Stern, auf dem Kolonisatoren, Kaufleute und Missionäre tun und lassen können, was sie wollen."

„Aber das ist doch längst vorbei."

„Nein, Verena, die Gewichte haben sich nur leicht verschoben, und wir geben dem Ganzen neue Namen. Die Ausbeutung ist dieselbe. Ich will mithelfen, die Macht der großen Konzerne zu brechen. Das Kapital ist zu mächtig. Wenn es nicht gezügelt wird, gehen wir alle vor die Hunde. Wir brauchen in Afrika gut ausgebildete Menschen, so wie sie Europa hat. Bei uns in Südafrika müssen zur Not die Minen verstaatlicht werden, aber nur dann, wenn sie sich absolut nicht bewegen wollen. Der Streik, das Kungeln zwischen dem großen Geld und der Regierung, die Korruption, es kann nicht so weitergehen."

„Joao. - So habe ich dich noch nie gehört."

„Das habe ich auch nie zuvor jemand gesagt. Bei Salger war ich nahe dran, als ich ihn in Zürich besuchte. Es ging mir nicht gut, weil sich Mbekis Niedergang abzeichnete, aber ich habe mir verkniffen zu jammern. So ganz getraut habe ich Salger dann doch nicht."

„Seit wann trägst du das mit dir herum?"

„Schon lange, und als schwarze Polizisten ohne Vorwarnung auf schwarze Streikende schossen, wusste ich, dass ich nicht mehr nur zusehen konnte. Was haben wir denn geschafft? Ein paar Townships, weit draußen im Niemandsland, eine Hütte aus Beton mit Wasser und Licht, damit die Leute Ruhe geben. Gleichzeitig haben die ausufernden Villen und dicken Autos in schwarzen Händen dramatisch zugenommen. Als der ANC die Regierung übernahm, gab es noch Gewerkschaften, sie wurden von mächtigen, integren Männern geführt, die viel dazu beigetragen hatten, dass wir überhaupt an die Macht kamen. Dieselben Männer sind immer noch am Ruder, aber die Macht hat sie korrumpiert. Jetzt sind sie nur daran interessiert ihre Posten abzusichern." Joao klingt bitter, als hätte er jede Hoffnung aufgegeben.

Für einen Moment hängt betretenes Schweigen zwischen ihnen, bis Verena aufsteht und Joao die Hand reicht. „Komm lass uns hinaus gehen, der Himmel ist klar, wir können die Sterne sehen. Zeig mir das Kreuz des Südens. Seit ich dich kenne, wünsche ich mir, dass du es bist, der da oben glänzt. Findest du das seltsam?"

Er antwortet nicht, sieht nur hinauf zu den Sternen. „Das Kreuz des Südens. Ich. Warum hast du mir nie davon erzählt?"

Sie nimmt seine Hand und drückt sie. „Immer dann, wenn es mir einfiel, warst du weit weg. - Was passiert mit uns Joao? Keiner ist zufrieden, mit dem was er tut. Allein Viktor scheint im Reinen mit sich selbst zu sein. Seit er diesen Waffenhandel angefangen hat, ist er völlig absorbiert, arbeitet nur noch, fliegt von einem hot-spot zum anderen. Vermutlich passt das zu seiner Spielernatur."

„Nein, er redet alles schön, versucht die Bedenken durch Aktionismus zu übertünchen. Er glaubt tatsächlich, er könnte nur die Guten mit Waffen beliefern. Als ließe sich in diesem Gewerbe Gut und Böse unterscheiden. Anscheinend braucht man so einen Selbstbetrug, wenn man in diesen Sumpf aus Verlogenheit und Menschenverachtung eintaucht."

„Überlegst du nicht doch mit ihm zu arbeiten?"

„Nein, es kommt nicht in Frage. Ich habe ihm nur zugehört, weil ich wissen wollte, wie jemand, wie Viktor, so wird wie er heute ist."

„Du hättest ihm sofort absagen sollen", sagt sie bestimmt.

„Dann wäre ich um eine Erfahrung ärmer."

„Erfahrung?"

„Ja, über Macht! Dem Antrieb eines Spielers, der mit hohen Einsätzen jongliert. Am meisten wohl die Lust auf Risiko, immer ganz nah an der Leitplanke entlang."

„Ist er wirklich so? Ich mache mir Sorgen um ihn, er ist mein ältester Freund."

„Das zeigt nur, wie verschieden ihr beide seid. Lass dich von ihm nicht verführen, Geld ist ein mächtiger Magnet. Bei ihm wird jeder sagen: War doch klar, der Sohn seines Vaters, musste ja so kommen. Bei dir würde es keiner verstehen."

„Du denkst, ich wäre verführbar, von einem wie Viktor?" Sie schüttelt irritiert den Kopf. „Niemals, du weißt, wie wenig mir Geld bedeutet."

„Es war nur so ein Gedanke. Viktor steigt gerade auf wie eine Rakete, doch die fliegt nicht ewig. Wahrscheinlich verglüht er in einer vermüllten Gasse. Er wäre nicht der Erste."

„Du meinst Salger." Sie schüttelt den Kopf. „Das glaube ich nicht. Komm lass uns reingehen, mir ist kalt."

****

Am nächsten Morgen machen sie sich auf den Weg nach Camberg. Sie parken das Auto an der Talstation, kaufen ein Ticket und schließen sich dem einheimischen Führer und einem japanischen Pärchen an, das sich auf ihrer Hochzeitsreise befindet. Zuerst verläuft der Anstieg geruhsam entlang einer langen Flanke, die an einem senkrechten Abbruch endet. Ihr Rastplatz liegt hinter den Perlen eines Wasserfalls, der tief unten im Tal einen trägen, mäandernden Fluss speist.

„Dort, in den Tälern, die so friedlich aussehen, haben die Zulus gekämpft." Mit ausladender Geste umfängt Joao die Landschaft. „Jahrmillionen haben an den Drakens Bergen gearbeitet, das Gestein zu Sand zerrieben und fruchtbare Weiden geschaffen. Die San haben die Felsen bemalt und wurden von den Bantu vertrieben. Und als die sich gegenseitig bekriegten, kamen die Weißen", deklamiert er. „Sie wurden anfangs wie Götter verehrt, und bestanden doch auch nur aus Fleisch und Blut. Sie pferchten die Zulus in ihre Dörfer, ließen ihnen kaum Luft zum Atmen, und wundern sich heute über das Misstrauen, das ihnen immer noch entgegenschlägt. Einiges läuft schief bei uns, Verena. Lange dachte ich, es hätte mit Übervölkerung zu tun, aber das allein ist es nicht. Vor uns liegt ein Bündel aus Armut, Hass und Minderwertigkeit, das sich nicht entwirren lässt."

Er neigt zu den großen Bögen, denkt Verena. „Glaubst du, allein, wenn wir die Dinge verstehen, die um uns herum stattfinden, können wir sie auch ändern?" Sie versucht ruhig zu bleiben, doch es gelingt ihr nicht ganz. „Aber so einfach ist es nicht. Mir scheint, du bist gerade dabei an der Welt zu verzweifeln", fügt sie hinzu.

„Tut mir leid, ich habe mich hinreißen lassen. Der Blick ins Tal ist so großartig, dass ich ins Träumen geriet", versucht er abzulenken. „Hinter den Bergen liegt Lesotho, der Sani-Pass ist nicht weit entfernt. Ursprünglich wollte ich mit dir über den Pass nach Maseru fahren, dir das Land zeigen, aber mir wurde abgeraten. Die Strecke sei zu gefährlich um diese Jahreszeit, zu viele Steinschläge. Und wenn ein Wintereinbruch kommt, wird die Straße unbefahrbar."

„Wir machen das ein andermal. Jetzt freue ich mich auf die Felsmalereien. Wie weit ist es noch?", fragt sie den Führer, der dem japanischen Paar einige verblasste Kratzspuren an den Felswänden erklärt hat.

„Nicht mehr weit, aber steil. Ab hier müssen wir steigen. Eine Stunde vielleicht, je nachdem, wie schnell Sie gehen wollen. Aber wenn Sie oben sind, werden Sie jede Mühe vergessen."

Der Pfad verengt sich und wird steiler. Die letzten fünfhundert Meter sind in den Stein gehauene Stufen, die zu einem tiefschwarzen Überhang führen. Noch bevor sie ganz oben angekommen sind, sehen sie die ersten Malereien. Ocker, leuchtend in der schräg einfallenden Sonne, manches kalkweiß untermalt. Tiere und Menschen in einem Jahrtausende alten Reigen vereint.

Obwohl Verena müde ist vom Aufstieg, spürt sie neue Energie. Als sie endlich direkt vor den Bildnissen steht, verschlägt es ihr die Sprache. Vor ihr die Wand, über und über mit Bildern aus der Mythologie der San bedeckt. Hinter ihr, der steile Abbruch, mit freier Sicht ins Tal.

„Die San kamen bei Sonnenaufgang", sagt der Führer. „Man vermutet, dass es sich um eine religiöse Stätte handelte. Wenn die Sonne dort über dem Kamm aufsteigt, fällt das Licht direkt auf die Bilder. Ein überwältigender Anblick, als würden die Figuren im Licht zu tanzen beginnen. Einige von ihnen tun es ja auch." Er weist auf ein paar überlange Figuren, dunkles Ocker, das sich auf dem cognacfarbigen Hintergrund der Felswand scharf abhebt.

„Warum sind die Malereien nach Jahrtausenden immer noch so gut erhalten? Und was ist das für ein Tier, das immer wieder vorkommt?", fragt Verena leise, fast ehrfürchtig.

„Ein Elan", sagt der Führer, und weist auf den Felsvorsprung über ihren Köpfen, geschwärzt vom Rauch der rituellen Feuer. „Die Bilder sind gut vor der Witterung geschützt. Am frühen Morgen kann die Sonne nur kurz herein, den Rest des Tages liegt alles im Schatten. Und den Regen hält der Überhang ab."

„Ist dir aufgefallen, dass es kein einziges Graffiti gibt?", fragt Joao.

„Ja, eigentlich unvorstellbar. Wir mussten Lascaux und Altamira wegsperren, um die Malereien zu schützen. - Warum immer wieder das Elan?", fragt Verena den Führer.

„Die San sind ein Volk von Jägern. Es gibt nur noch einige wenige von ihnen in der Kalahari. Sie jagen in Gruppen mit Pfeil und Bogen, aber das Elan ist eigentlich zu groß für diese Art der Jagd, also verwenden sie einen vergifteten Pfeil. Dann verfolgen sie das Tier, tagelang, bis es gelähmt zusammenbricht. Das ist der Moment an dem die Seele aus dem Körper entweicht." Der Führer weist mit seinem Stock auf ein Tier auf den Knien, dem etwas aus dem Maul fährt. „Kurz vor dem Tod des Elans bitten die Jäger um Vergebung und Verständnis, dass ihre Familien das Fleisch benötigen, um zu überleben. Erst dann machen sie sich ans Zerlegen. Das Fleisch tragen sie in einer langen Prozession in ihre Dörfer."

127

„Ist das die Szene?", fragt Joao, und deutet auf eine Gruppe Menschen, die neben einem sterbenden Tier steht.

„Ja, die Menschen zeigen ihren Respekt."

Auf dem Rückweg ins Tal, der Führer und die beiden Japaner haben sich verabschiedet, weist Joao in die Ferne, wo weite, grüne Hügel liegen. „Dort unten muss es gewesen sein."

Verena streift die Träger des Rucksacks ab und nimmt eine Wasserflasche heraus. „Was?"

„Die Schlacht am Thukela River."

„Zwischen Zulus und Engländern?"

„Ja. Die Zulus lernten aus der Niederlage am Blood River, dass sie verstohlen aufmarschieren mussten, um dann schnell und überraschend anzugreifen. Die Engländer hatten ihr Camp am Fuß einer Felsformation aus Sandstein aufgeschlagen, die sich Sandhlwana nannte. Sie wussten nichts von der Armee der Zulus, die sich in einem nahen Seitental versteckte. Der Zulu-General wollte angreifen, doch seine Priester hielten ihn davon ab. Die Sterne für den nächsten Tag stünden nicht gut, meinten sie. Aber dann stolperte eine britische Patrouille auf einen Außenposten der Zulus und ein fürchterliches Gemetzel begann."

„Warum ...", Verena zögert, scheint zu überlegen, wie sie es sagen soll, ohne ihn zu verletzen. „Vor ein paar Tagen hast du Shaka erwähnt, als wärst du stolz auf ihn, aber du bist kein Zulu."

„Shaka hat ein Königreich geschaffen, seine Leute haben Mut und Ausdauer bewiesen. Wir können also, wenn wir wollen. Es gibt mir Kraft über diese Zeit zu lesen. Leute wie Zuma sind nur eine Episode."

Er ist noch lange nicht fertig mit der Regierung, denkt Verena. „Du meinst, er ruiniert das Land?"

„Er und seine Helfer. Trotzdem wird er die kommenden Wahlen gewinnen. Nicht weil er so toll ist, sondern weil es zum ANC keine Alternative gibt." Joao blickt hinaus in das weite Tal, den Fluss, die Hütten im Schatten der Bäume. „Der Streik, von dem ich dir erzählt habe, war in Marikana, vor den Toren der Platin Mine", sagt er übergangslos, als ließe ihn der Gedanke nicht mehr los. „Die Arbeiter hatten sich auf einen felsigen Hügel zurückgezogen, weil die Anwälte sie davor gewarnt hatten auf dem Gelände der Mine zu protestieren. Das wäre ungesetzlich, und würde nur den Staat herausfordern. Da saßen sie tagelang und sangen. Ab und zu brachten sie ihre Forderungen vor, aber das Management der Mine reagierte überhaupt nicht. Die Arbeiter wollten nicht viel, zwölftausend Rand im Monat, das sind weniger als tausend Euro für einen lebensgefährlichen Job unter Tage. Irgendwann wurde es ihnen doch zu dumm und sie machten sich auf, um direkt vor der Mine zu protestieren. Als die Polizei mit scharfer Munition schoss, starben mehr als dreißig Mann. Ihre Leichen lagen zwischen den Felsen, die meisten mit einer Kugel im Rücken." Joao schweigt und sieht lange ins Tal. Schließlich nimmt er Verenas Hand, als wolle er sich versichern, dass es sie gibt. „Dafür haben wir nicht gekämpft, dass sich Verhältnisse wie in Sharpville wiederholen. In mir ist etwas zerbrochen, ich konnte nicht länger in der Regierung bleiben. Aaron hatte begonnen sich von mir abzuwenden, ich würde unsere Ideale verraten, hat er gemeint."

„Als du erstmals von dem Streik gesprochen hast, hörte es sich an wie eine friedliche Veranstaltung. Warum hast du die Toten nicht erwähnt?"

„Ich wollte dich nicht erschrecken."

„Marikana war auch bei uns in allen Zeitungen. Man hat es mit den Verhältnissen in Chicago, am Haymarket Square und Nordfrankreich, in Fourmies, verglichen. Damals wurde auch auf Arbeiter geschossen, aber das war vor hundert Jahren." Verena vermeidet es nach Aaron zu fragen. Sie weiß, wie sehr seine Anschuldigung Joao getroffen haben muss.

„Genau. Aber heute konnte ich mir so ein Massaker nicht mehr vorstellen, und doch fand es statt. Die Regierung tut als wäre sie im Recht, es gibt einen Untersuchungsausschuss, eine lächerliche Veranstaltung, die nur dazu dient sich rein zu waschen. - Komm gehen wir weiter, es hilft nicht zu lamentieren."

****

Zurück in der Lodge setzen sie sich unter den riesigen Baum neben ihrem Zimmer.

„Es ist schön hier, so ruhig. Wie haben dir die Felsmalereien gefallen? Den ganzen Abstieg über hast du nur an Politik gedacht", sagt Verena.

„Ja, es ging mir einiges durch den Kopf. Ich gehe gern mit dir, du redest wenig, und wenn du etwas sagst, macht es meist Sinn."

„Meist?", lacht sie.

„Immer, ok, aber das glaubst du mir sowieso nicht", strahlt er. „Erzähl mir von den Ärzten ohne Grenzen. Du hast so eine Andeutung gemacht, aber ich war zu sehr mit meinem Kram beschäftigt und hab nicht nachgefragt."

„Ist nicht so wichtig, wahrscheinlich bekomme ich eine Absage. Vielleicht finden sie mich zu alt, wer weiß."

„Nein, wie kommst du darauf. Leute wie du sind gefragt. Begeisterte Schulabgänger, die ein Abenteuer erleben wollen, bringen ihnen gar nichts. Reicht dir die Praxis nicht mehr?"

Verena zieht die Schultern hoch und lässt sie sacken. „Manchmal fühle ich mich wie versteinert. Dieselben Zeiten, dieselben Menschen, meist auch dieselben Probleme."

Er verzieht das Gesicht zur Andeutung eines Lächelns, als wüsste er genau, was sie meint. „Du bist eine gute Ärztin, Verena, deine Patienten brauchen dich."

„Nicht mich, sie brauchen jemand, die ihnen zuhört."

„Und das schaffst du nicht mehr, zumindest nicht so, wie du es möchtest", nickt er bestätigend. „Wollen wir etwas trinken?"

„Ja, gern, ein Glas Wein wäre wunderbar."

„Ich hole uns eine Flasche."

Kurz darauf kommt er mit zwei Gläsern und einer Flasche Merlot zurück. „Den hast du immer gemocht, ich hätte dich fragen sollen, aber ich hab's vergessen."

„Merlot ist gut." Sie nimmt ihm das Glas ab und sieht ihn erwartungsvoll an, weil sie spürt, dass er noch etwas mit sich herumträgt.

„Warum haben wir es nicht geschafft zusammen zu leben?", fragt er, während er die Gläser einschenkt. „Weil ich dich nicht richtig gefragt habe? Ich dachte immer, du müsstest es spüren, wie sehr ich dich mag."

„Mag?", fragt sie, und lächelt verträumt. „Ich mag dich immer noch. Aber reicht das für ein Leben zu zweit? Wir leben in unterschiedlichen Welten, auf verschiedenen Kontinenten, die eher auseinanderdriften, als dass sie zusammenkämen. Hinfliegen und miteinander schlafen reicht nicht."

„Uns hat der Mut gefehlt, und ich hatte zu großen Respekt vor dir. Aber jetzt sind wir allein." Joao klingt, als bedauere er, wie sich ihre Beziehung entwickelt hat.

„Nein, es gibt uns doch. Es gibt die Erinnerung an wunderbare Momente."

„Das reicht nicht", sagt er traurig.

Eine Weile sitzen sie schweigend und sehen in die beginnende Nacht, bis sie sagt: „Es wird kühl, lass uns hinein gehen."

In dieser Nacht schlafen sie miteinander, intensiver als je zuvor. Sie fühlen sich geborgen und sicher in den Armen des Anderen. Am nächsten Morgen spürt Verena, dass sich etwas verändert hat in Joao. Sie versteht nicht warum. Er war nie zuvor so offen gewesen und kurz hatte sie gedacht, es könnte wieder sein, wie am Beginn ihrer Freundschaft. Beim Frühstück ist es höfliche Zuneigung und sie ahnt, dass er sich entschlossen hat einen Schritt zu tun, den er vor ihr verbergen will.

****

Zwei Monate später, zurück in Berlin, tritt sie aus der Tür ihres Gynäkologen auf die Eberswalderstraße. Sie weiß jetzt, dass sie schwanger und die gelegentliche Morgenübelkeit keine Magenverstimmung ist, wie sie es sich lange eingeredet hat. Der Himmel über der Hochtrasse der U-Bahn ist bleiern. Es wäre weniger bedrückend, wenn es schneite, denkt sie.

Sie findet ein Taxi an der Kreuzung zur Schönhauser Allee, presst sich in die Rückbank, und reibt ihre tauben Finger gegen den Ballen der anderen Hand. „Kopenhagenerstraße 18, bitte." Müdigkeit packt sie. Gesichter grau vor Anspannung, Straßenschilder, Baustellen, gleiten vorbei. Wenn ich das Kind habe, zeige ich ihm den Weg. Lastwagen, Mädchen und Polizisten… Mein Sohn soll wissen, wann und wo er in meinen Kopf kam, denkt sie. Sie presst ihre Knie zusammen und setzt sich aufrecht an die Sitzkante, mit den Händen auf den Bauch gepresst. Dabei dachten wir vorsichtig zu sein, wir wollten kein Kind. Joao wird denken, ich hätte ihn belogen, um unsere Beziehung zu retten, aber es stimmt nicht. Es ist einfach passiert, vielleicht freut er sich doch. Früher sprach er manchmal davon, wie schön es wäre eine Familie zu haben. Und dann zählte nur noch die Karriere, als könne er allein die Welt reparieren.

Als sie auf dem grauen Trottoir vor ihrer Wohnung steht, und in der Tasche nach einem Geldschein für das Taxi sucht, wirbelt eine Böe Papierfetzen und Staub auf. Sie geht auf die Eingangstür zu, schiebt sie auf, und muss sich im Halbdunkel des Durchgangs zum Innenhof an die Wand lehnen, um durchzuatmen. Eine junge Frau, die gerade die Treppe herunterkommt, bleibt stehen: „Ist alles in Ordnung? Sie sehen sehr blass aus."

„Danke, ich hatte mich etwas übernommen, aber es geht schon wieder."

In ihrer Wohnung lässt sie sich aufs Bett fallen und schlägt die Hände vors Gesicht. Ich muss es Joao sagen, denkt sie, steht auf und nimmt den Hörer in die Hand. Sie wählt die ersten Zahlen, und steckt das Telefon wieder auf die Ladestation. Nein, es ist zu früh, aber ich werde mit Lucy reden, sie ist noch in Berlin.

Sie erreicht Lucy bei ihrer Mutter. „Können wir uns in einer Stunde im Yala Yala treffen. Ich lade dich zum Essen ein. Was denkst du?"

„Gern, ich hatte sowieso nichts vor. Ist etwas passiert, du klingst so komisch?"

„Nein, oder doch, aber das erzähle ich dir besser nicht am Telefon. Dann bis bald."

Was ich schon immer fragen wollte.

Es waren Kwames Briefe, die sie nach Berlin brachten. Als Kind hatte sie immer wieder gefragt, weshalb sie anders war, als ihre Mitschüler, aber ihr Vater gab ihr nur unverständliche Antworten, die von einem Land handelten, das keiner an ihrer Schule kannte. Ihre Haut war heller, die Haare glatter, als die der anderen. Sie fühlte sich als Außenseiterin, bis es ihr gelang dieses Anderssein in einen Vorteil zu verwandeln. Sie begann zu schreiben und wurde gelesen, sie begann zu reden und wurde gehört. Nicht weil Kwame im Krieg gegen die Igbos eine wichtige Rolle gespielt hatte, sondern weil sie selbst etwas zu sagen hatte. Und dann begann sie nachzuforschen, begriff, dass sie mit einem Bein in Nigeria, dem anderen in Deutschland stand. In einem Deutschland, das es seit ein paar Jahren nicht mehr gab.

Und als sie Kwames Briefe in seinem Nachlass fand, adressiert an eine Frau, von der er kaum gesprochen hatte, wusste sie, dass sie nach Deutschland musste, um diese Frau zu finden.

Bald nach der Ankunft in Berlin steht Lucy vor dem schmucklosen Eingang eines Hauses in der Paul-Robesonstraße. Sie spürt, wie ihre Handflächen feucht werden. Hanna Pautz steht auf dem Klingelbrett zusammen mit anderen Menschen, die Namen schon etwas verwittert, manche mit einem Papier überklebt. Nach dem dritten Läuten will sie wieder gehen. Sie ist nicht da, denkt sie fast erleichtert, als sie plötzlich die verzerrte Stimme einer Frau in der Gegensprechanlage hört: „Wer ist das, und was wollen Sie?"

„Mein Name ist Lucy Nduku, die Tochter von Kwame Nduku. Ich würde gerne mit Ihnen sprechen."

Lucy hört die Reifen der Autos auf dem Kopfsteinpflaster hinter ihr. Sie spürt, wie sich ihre Kehle zuschnürt. Aus der Gegensprechanlage klingt nur das leise Knacken einer offenen Leitung, bis sie plötzlich eine verwehte Stimme hört. „Lucy! - Ich wohne im Hinterhaus, im vierten Stock."

Der Türöffner summt, Lucy schiebt die Tür auf und muss sich in der dunklen Passage für einen Moment gegen die Wand lehnen um durchzuatmen. Ich habe sie gefunden, denkt sie. Wenn ich jetzt weggehe, bleibt alles wie bisher.

Als sie an dem Geigenbauer im Erdgeschoss des Hinterhauses vorbei, die verwahrloste Treppe hinaufsteigt, riecht es nach Wachs und abgestandenem Kohl. Sie hört, wie über ihr eine Tür geöffnet wird.

Lucy weiß nicht, ob es die Treppen, oder doch eher die Unsicherheit sind, die ihr Herz schneller pochen lassen. Als sie den letzten Treppenabsatz erreicht, sieht sie eine mittelgroße Frau in der Türöffnung stehen. Ihr kurz geschnittenes Haar ist grau, und die abgehärmten Gesichtszüge zeigen ein Leben voller Sorgen. Die Augen, die sie erwartungsvoll betrachten, sind die ihren.

„Wie hast du mich gefunden?", fragt Hanna unsicher.

„Ich fand deine Adresse in Kwames Unterlagen. Es gab Briefe, alle an dich adressiert, aber nie weggeschickt. Als ich sie las, begriff ich endlich, wer ich bin. Kwame hat von dir gesprochen, als wärst du eine Fremde."

„Komm rein, du hast doch Zeit, oder? Du sprichst sehr gut Deutsch, wie kommt das?"

„Ich ging auf eine internationale Schule in Lagos, Cleo bestand darauf", sagt Lucy, und tritt in die Wohnung.

„Cleo?"

„Meine Stiefmutter, Kwames Frau in Nigeria."

„Möchtest du einen Tee? Sehr viel habe ich leider nicht. - Ich bin noch ganz durcheinander. Als ich deinen Namen hörte, dachte ich für einen Moment ich werde ohnmächtig. Und jetzt sitzt du in meiner Wohnung." Sie kramt aus ihrer abgetragenen Jacke ein Taschentuch und schnäuzt sich.

„Tee ist gut", sagt Lucy, ohne Hanna aus den Augen zu lassen.

Während Hanna das Wasser aufsetzt, ruft sie aus der Küche: „Nimmst du Zucker?"

„Nein danke. - Dass Kwame ums Leben kam, als ich noch klein war, weißt du, oder etwa nicht?"

„Nein, ich weiß gar nichts. - Ich habe euch beide das letzte Mal am Flughafen Schönefeld gesehen. Kwame hielt dich auf dem Arm und winkte zum Abschied. Danach brach meine Welt zusammen."

„Willst du darüber reden?", fragt Lucy, während Hanna den Tee und zwei Tassen auf den Tisch stellt. Die Untertassen passen nicht, denkt sie. „Wo bin ich geboren, Mutter?"

„Hier in dieser Wohnung." Hanna nimmt einen Schluck Tee und schüttelt den Kopf. Misstrauisch betrachtet sie Lucy, als könne sie nicht glauben, dass sie wirklich ihre Tochter ist. Dann stockend zuerst und leise, beginnt sie zu sprechen: „Wir waren jung und ich habe eigentlich nicht verstanden, was mit uns passierte." Sie kramt ein Taschentuch aus ihrem Ärmel und schnäuzt sich. „Kwame war Student, nur geduldet, weil die Politik in der DDR eine Brücke zu Afrika suchte. Für mich war er ein großer, schöner Mann, der mich liebte. Ich wollte Musik studieren, aber das durfte ich nicht. Die DDR brauchte Ingenieure, Wissenschaftler, und ich war gut in Mathematik, also habe ich angefangen Chemie zu studieren. - Ich rede lauter unzusammenhängendes Zeug, entschuldige bitte, aber ich bin noch ganz durcheinander." Hanna geht in die Küche und reißt das Fenster auf. Für eine Weile starrt sie in die Dämmerung und atmet die kalte Luft ein.

„Ich war fünf Jahre alt, als Kwame mit mir nach Nigeria ging, hat er einmal gesagt. Warum nicht nach Ghana, wo er herkam? Warum bin ich nicht bei dir geblieben?", fragt Lucy leise, als Hanna zurückkehrt.

„In Ghana hatte das Militär geputscht und Nkrumah, Kwames Förderer, ins Exil verbannt. Kwame war überzeugter Kommunist, er konnte nicht zurück nach Hause, die Putschisten hätten ihn sofort eingesperrt. Warum er nach Nigeria ging, weiß ich nicht mehr. - Dich gehen zu

138

lassen war der größte Fehler meines Lebens. Der Verlust war unerträglich. Als sie mich ins Gefängnis steckten war es fast eine Erleichterung." Für eine Weile blickt Hanna aus dem Fenster, allein mit ihren Bildern im Kopf. „Sie haben uns einfach auseinandergerissen. Kwame wäre zerbrochen ohne dich, du warst sein zweites Herz."

„Gefängnis, warum?"

„Weil ich zu euch wollte. Sie haben meinen Ausreiseantrag abgelehnt und ich wurde wie ein Republikflüchtling behandelt, musste das Studium aufgeben und bekam nur noch eine Stelle als Chemiefacharbeiterin. Trotzdem habe ich es weiter versucht zu euch zu kommen, aber Kwame war wie vom Erdboden verschluckt. Die Botschaft reagierte nicht auf meine Anfragen, und irgendwann gab ich auf." Hanna schweigt, hört in sich hinein, als hätte sie Lucy vergessen.

„Und dann?", fragt Lucy, die sie still beobachtet hat.

„Was meinst du?"

„Nichts, Mutter. Ich glaube, ich gehe jetzt, es ist alles zu viel auf einmal. Darf ich morgen wieder kommen?"

„Natürlich. Aber kommst du auch wirklich?"

„Bestimmt."

****** ****************

Hanna bittet sie zu ihr zu ziehen, in der Hoffnung, dass Vertrautheit zwischen ihnen entsteht. Doch sie bleiben sich fremd, so sehr sie sich auch bemühen. In Lucy wächst der Wunsch nach Lagos zurückzukehren. Vielleicht hilft uns die räumliche Distanz, denkt sie. Ich brauche mein gewohntes Leben, brauche Klarheit. Und sie braucht Zeit, jetzt, wo all die alten Wunden wieder aufgebrochen sind.

Als sie mit Hanna darüber spricht, glaubt sie Erleichterung zu spüren. Sie will auch in ein Leben zurück, wo niemand von ihr Rechenschaft erwartet, für etwas, das sich nicht mehr ändern lässt, denkt sie. Ein paar Fragen muss ich aber noch klären, bevor ich gehe.

„Ich habe gebucht Mutter", sagt sie eines Morgens, als sie zusammen das Geschirr abspülen. „Ende nächster Woche geht mein Flug."

„Bleibst du für immer?", fragt Hanna besorgt.

„Nein, ich komme zurück, aber ich weiß noch nicht wann. Bevor ich gehe sollten wir aber reden."

„Ich dachte, wir täten das schon die ganze Zeit."

„Nein, nicht wirklich. - Bitte erzähl mir, wie du mit Kwame gelebt hasst. Von der Zeit in der DDR. An was hast du geglaubt, wie kamt ihr zurecht?"

Hanna sieht sie verwundert an, als verstünde sie nicht, auf was Lucy hinauswill. „Bin ich so schlimm?", fragt sie verunsichert.

„Nein, wie kommst du darauf. Aber wie soll ich dich verstehen, wenn wir nicht über die damalige Zeit reden."

„Du bist der einzige Mensch, der mich je nach meiner Vergangenheit gefragt hat. Ist das nicht komisch?"

„Ich bin deine Tochter, die weniger von dir weiß, als dein Krämer um die Ecke", lächelt Lucy aufmunternd.

„Das meine ich nicht." Hanna schüttelt den Kopf, als hätte sie Angst vor der Vergangenheit. „Ich rede nicht gerne über die Zeit in der DDR. Es gibt so ein Tabu in mir, als hätte ich etwas Unrechtes getan. Als wäre ich unrein, zu altmodisch, um mit dem Rest der Welt mithalten zu können. Kannst du dir das vorstellen?"

„Nein, aber vielleicht ist es dasselbe Gefühl, das ich habe, wenn ich an Europas Grenzen stehe. Dieser Überlegenheitsblick des Grenzbeamten, der meinen Pass abstempelt. Es wird nicht darüber geredet, weil es nicht mehr korrekt ist, aber du siehst es in seinen Augen." Lucy stoppt abrupt. „Entschuldige Mutter, ich habe dich unterbrochen, das tue ich immer, wenn mich etwas besonders aufregt. Erzähl, ich verspreche dir zuzuhören."

„Du fühlst dich als Schwarze." Hanna atmet schwer. „Und du klingst bitter. Dabei dachte ich immer, das stünde nur mir zu. Kwame war nie bitter. Er sprühte vor Optimismus."

„Dann muss der Zynismus, der in mir kocht, wohl von dir sein, Mutter. Manchmal ist es gar nicht so schlecht, die Welt mit Misstrauen zu betrachten. Du siehst ja, wohin Kwames Optimismus geführt hat, direkt in die Gosse, mit einer Kugel im Kopf. Und warum sollte ich anders fühlen als Schwarz, ich habe mehr als dreißig Jahre in Lagos gelebt, und schau mich doch an."

„Hör auf Lucy, ich ertrage das nicht", stammelt Hanna. Für eine Weile schweigen sie, bis Hanna fragt: „Du machst mir Vorwürfe, nicht wahr? Ich hätte ihn beschützen sollen, aber ich war nur neunzehn. Ich konnte seine Ausweisung nicht verhindern. Und er ist nicht hier gestorben."

„Ist gut Mutter, ich will nur wissen, wie es war, als du mit Kwame zusammen warst." In einer versöhnlichen Geste presst sie Hannas Arm.

„Es ist so lange her." Hanna klingt unsicher. Den Blick hat sie, vorbei an Lucy, in den dunklen Innenhof gerichtet, als fände sie dort eine Antwort auf die brennenden Fragen, die sie sich selbst immer wieder gestellt hat. Erst als Lucy mit einem Nicken weiter insistiert, beginnt sie zu reden, stockend zuerst, dann gewinnt ihre Stimme an Kraft, als hätte sie sich entschlossen nichts ungesagt zu lassen: „Meinen ersten Ausreiseantrag habe ich gestellt, als ihr noch da wart. Er wurde abgelehnt und machte mich in deren Augen verdächtig. Allein schon die Absicht ihren Staat zu verlassen, fanden sie strafbar. Ich hätte es wissen müssen, aber wir waren so unglaublich naiv. Im Nachhinein verstehe ich es ja, es war ein Misstrauensvotum gegen ihren Staat. Dabei wollte ich nur mit euch zusammen sein. Kwame gaben sie die Schuld, dass ich wegwollte. - Wir waren jung, machten uns Sorgen wegen dir, und dachten, dass wir es in Ghana leichter schaffen könnten. Kwame schwärmte davon, wie gut es dem Land nach der Unabhängigkeit ging, und dass sie ihn mit offenen Armen aufnehmen würden. Er war sehr lange weg, und die Propaganda der Nkrumah Regierung hatte ihm wohl den Kopf vernebelt." Sie wirft einen prüfenden Blick auf Lucy, ob sie überhaupt zuhört. Als Lucy aufmunternd nickt, fährt sie mit gefestigter Stimme fort. „In der Zwischenzeit hatten ein paar Militärs in Ghana geputscht und Nkrumah ins Exil geschickt. Das war das Ende von Kwames Stipendium." Hanna kramt ein Taschentuch aus dem Ärmel und schnäuzt sich. „Wir mussten uns die Ablehnung meines Ausreiseantrags bei der Stasi abholen. Ich erinnere mich noch genau an den grauen Mann mit Halbglatze, wie er hinter seinem Resopal Schreibtisch saß, eine olivfarbene, groß gemusterte Tapete im Rücken." Hanna ist jetzt weit weg, die Augen starr auf einen Punkt hinter Lucy gerichtet. „Er fixierte uns, als wären wir Verbrecher. Er fragte nach deinem Namen, als wüsste er ihn nicht längst aus den Akten. Ob wir dich behalten wollten, fragte er, und auf einmal war mir, als würde mir der Boden unter den Füssen weggezogen. Und dann sagte er: In Fällen wie unserem könne eine Adoption durch angesehene Genossen durchaus gut für das Kind sein." Unmerklich ist Hannas Stimme dunkler, fester geworden. „Genossen, sagte er. Seitdem hat das Wort einen fürchterlichen Klang für mich. - Bestimmt besser für das Kind, sagte er. Immerhin habe die Gesellschaft eine Verantwortung für ihre kleinen Mitbürger. Was für ein bürokratisches Gewäsch, dachte ich, und hätte ihm am liebsten die Augen ausgekratzt. Die ganze Zeit über hielt Kwame meine Hand, er presste sie so hart, dass ich fast geschrien hätte." Hanna steht auf und streicht Lucy übers Haar. Schweigend stellt sie sich für einen Moment ans Fenster. „Kwame erhielt keinerlei Unterstützung mehr aus Ghana", sagt sie, als sie sich wieder zu Lucy setzt. „Für die dortigen Obristen war er ein Kommunist, den sie nicht auch noch fördern wollten. Er war den DDR-Behörden völlig ausgeliefert, als er diesen Salger traf." Hanna massiert ihre Schläfen, als schmerze sie die Erinnerung.

„Salger?", fragt Lucy. „Du kennst den Mann?"

„Nein, nur dem Namen nach. Kwame hat ihn im Westen getroffen, wie oft weiß ich nicht mehr. Der Mann besaß ein Unternehmen in Nigeria und suchte Leute wie Kwame, die ihm dabei helfen sollten. Bei was, weiß ich nicht, Kwame wusste es auch nicht genau, aber er hatte ja keine Wahl."

„Hm", sagt Lucy. „Erzähl, wie ging's weiter bei der Stasi."

„Als dieser graugesichtige Kerl von Adoption sprach waren wir völlig geplättet. Schließlich fragte Kwame was wir tun könnten, um dich zu behalten. Der Mann meinte, dass sie ein gewisses Interesse an der Region hätten, aus der Kwame stamme. Er könne jederzeit dorthin ausreisen und dich mitnehmen, aber nur, wenn er mit ihnen zusammenarbeite. Ich dagegen müsse bleiben. Kwame nickte nur und sagte, wir würden darüber nachdenken. Auf dem Weg nach Hause sprachen wir kein Wort. Die folgenden Tage haben wir kaum geschlafen, nur gehadert, bis ich schließlich klein beigab." Hanna hört einfach auf, nimmt ein kleines, besticktes Tuch aus der Jackentasche und trocknet ihre Tränen.

Lucy sitzt ihr eine Weile hilflos gegenüber. Sie denkt an ihr Haus in Lagos, an ihre Kollegen in der Redaktion, an die Bar, in der sie sich nach einem langen Tag gerne treffen. Sie steht auf und umarmt Hanna. „Warum hast du mir das nicht früher gesagt, es hätte eine Welt für mich bedeutet.

Stattdessen hast du gesagt, du wolltest uns vergessen." Sie drückt ihre Mutter an sich, und küsst sie auf die Stirn.

„Ich konnte nicht darüber reden, Lucy, schon der Gedanke brachte mich um. Als ich es versuchte, gleich nachdem du mich gefunden hast, schien es so unglaublich billig. Ich dachte, was ist, wenn du es als Ausrede empfindest, glaubst, ich hätte alles erfunden, um mich zu rechtfertigen. Auch jetzt noch, wenn ich mich so höre, kommt mir alles so unwirklich vor. Dabei gibt es dich, du sitzt mir gegenüber und hörst mir zu. - Lange hatte ich Albträume, dass ich Schein und Wirklichkeit verwechsle. Erst nach der Wiedervereinigung kamen all die Berichte und Filme über Zwangsadoptionen, da fühlte ich mich bestätigt. Gleichzeitig wuchs die Angst in mir, ich hätte mir alles zurecht geträumt und die Berichte auf mich übertragen, weil ich wollte, dass es so war. Weil ich es sonst nicht hätte ertragen können, dass ich dich gehen ließ. Glaubst du mir, oder denkst du vielleicht doch, ich könnte alles erfunden haben? Manchmal, wenn es mir besonders schlecht ging, habe ich sogar daran gezweifelt, dass es dich überhaupt je gab."

„Es ist gut, Mutter, quäl dich nicht mehr. Ich bin real und jetzt zeige ich dir meine Welt, und du zeigst mir deine. Einverstanden?"

Hanna lächelt unter Tränen. „Ja, so machen wir's. Du hast von Kwames Tod gesprochen, als wüsstest du, wie er ermordet wurde. Gibt es ein Grab?"

„Nein, sie haben den Stadtteil niedergewalzt, wo Cléo, Kwames Frau, ihn begraben hat. Der Friedhof liegt jetzt unter einer Schnellstraße." Lucy klingt unbeteiligt, faktisch und abschließend. Tief drinnen ringt sie mit den Tränen. Nur jetzt keine weitere emotionale Diskussion, denkt sie, das ertrage ich nicht. „Was hältst du von einer Tasse Tee, ich mache uns eine."

„Gern."

Länger als nötig rumort Lucy in der Küche, bis Hanna zu ihr geht. „Ich bin auch nie in fremden Küchen klargekommen", meint sie, als verstünde sie, was wirklich in ihrer Tochter vorgeht.

Nachdem der Tee gezogen hat, beginnt Hanna stockend, als hätte sie Angst Lucy zu verletzen. „Ich will mich entschuldigen", sagt sie leise.

„Wofür, Mutter?"

„Dass ich nicht ernsthaft nach dir gesucht habe, nicht so wie du nach mir. Ich habe dich nie vergessen, aber ich hatte einfach keine Kraft mehr zu suchen." Lucy wehrt ab, als wäre das Thema erledigt, doch Hanna fährt unbeirrt fort. „Da ist noch etwas, und ich will, dass du jetzt alles weißt. - Ein Jahr bevor du zur Welt kamst, hatte ich mich hergegeben Kwame zu bespitzeln. - Ich war achtzehn, es war der Preis für meinen Studienplatz. Damals habe ich noch an das Regime geglaubt, weil ich dachte, wir würden eine andere Welt schaffen. Kwame habe ich nie davon erzählt."

Ohne ein Wort nimmt Lucy Hannas Hand, ganz vorsichtig, als wolle sie etwas sehr Zerbrechliches schützen. „Kwame wird es gewusst haben, Mutter. Er hatte nichts zu verbergen, also ließ er dich machen. Manchmal ist es besser, wenn etwas ungesagt bleibt. Ich habe von deiner Spitzelei in seinen Akten gelesen. Sie haben es als eine Form der Loyalität gegenüber dem System dargestellt. Wahrscheinlich hast du Kwame dadurch eher beschützt, aber ich fand es trotzdem schrecklich. Es dauerte, bis ich mich durchringen konnte, nach dir zu suchen. Weißt du, dass Kwame mitgeholfen hat, die Reise Breschnews nach Ghana vorzubereiten?"

„Nein, aber woher weißt du das alles?"

„Es steht in Vaters Akte, die Leute, die sie verfasst haben fanden es gut. Kwame muss wohl von mehreren bespitzelt worden sein. Deinen Beitrag scheinen sie nicht so ernst genommen zu haben. Aber das meiste über Kwame, vor allem die Zeit in Nigeria, erfuhr ich von einem Freund, von dem ich dir erzählt habe. Er hat Zugang zu Schweizer Quellen, die mir verwehrt sind. - Du brauchst dir wegen deiner Spitzeldienste also keine Sorgen machen. Ihr habt in einer schwierigen Zeit gelebt, noch dazu an einem Ort, wo im Kalten Krieg alles aufeinanderprallte. Wahrscheinlich hätte ich genauso gehandelt. Es hat trotzdem sehr wehgetan, euch von dem Sockel zu stoßen, auf den ich euch als kleines Mädchen gehoben hatte."

Für eine Weile sehen sie in den Innenhof, wo ein paar Kinder um eine quietschende Schaukel tollen. Lange Schatten schneiden scharfe Linien in die Brandmauer gegenüber.

„War es schwer als Kind?", fragt Hanna leise, als Lucys Schweigen unerträglich wird.

„Oh ja, am schlimmsten war es in der Schule. Fast alle anderen Kinder hatten einen Vater, ich hatte nur dieses Gefühl der Leere, so ein unbestimmtes Ziehen im Herzen. Ich verstand nicht, warum er mir das angetan hatte. Einfach so zu verschwinden aus meinem Leben", Lucy wischt sich die Augen und lächelt entschuldigend. „Es gibt so viele Kinder hier, fast wie bei uns in Lagos", sagt sie, als wolle sie ihre eigene Kindheit möglichst schnell vergessen.

„Willst du lieber nicht darüber reden?"

„Doch, wenn du es hören magst. Aber ich möchte dich nicht zu sehr belasten."

„Mach dir darüber keine Sorgen, ich habe ein halbes Leben auf dieses Gespräch gewartet. Jeden Morgen wache ich auf und fürchte, dass ich dich geträumt habe. Egal was du sagst, es belastet mich nicht, ich bin nur glücklich, dass du da bist."

Lucy lächelt verträumt, als sie zu erzählen beginnt: „Ich entwickelte richtige Rituale. Immer wieder habe ich im Spiegel geprüft, was in meinem Gesicht von euch sein könnte. Absurd, denn das Einzige, das ich zum Vergleich hatte, war ein Schwarz-Weiß-Foto. Kwame, groß, athletisch und strahlend, du einen Kopf kleiner, schmal, voller Vertrauen. Ihr seht darauf aus, als könne euch nichts passieren, solange ihr nur zusammen seid. Das Foto ist ganz abgenützt von den vielen Küssen eines kleinen Mädchens." Mit einer resoluten Geste wischt sie eine Träne ab und sagt: „So war das, aber jetzt ist genug mit Trübsal. Ich habe überlebt, und ich habe dich gefunden. Es spielt keine Rolle mehr, was damals passierte. – Dieser Salger hat mir eine E-Mail geschickt. Er geht zurück nach Südafrika und lädt mich auf seine Farm ein. Ich werde hinfliegen, vielleicht erfahre ich dort mehr über Kwames Tod."

„Du kennst Salger?"

„Ja, mehr als mir lieb ist. Er war Kwames Partner in Nigeria."

„Wie ist Kwame gestorben?"

„Mit einer Kugel im Kopf. Sie fanden ihn in einer dunklen Ecke Lagos'."

„Schrecklich. Weißt du warum er getötet wurde?"

„Nicht richtig, aber ich habe Vermutungen. - Als Vater hier studierte, arbeitete er auch für den KGB. Er fand das vernünftig, denn in seinen Augen bildeten sie die Speerspitze einer Weltrevolution, die er für überfällig hielt. Aber als Nkrumah gestürzt wurde, ließen sie ihn fallen und plötzlich stand er mit leeren Händen da, ein Schwarzer, gestrandet in einem fremden Land. Er protestierte gegen den Biafra Krieg, so traf er auch Salger, der ihm bei der Ausreise nach Nigeria half. In Nigeria bekam er einen wichtigen Regierungsauftrag, das hat ihn für den KGB wieder interessant gemacht. Aber irgendwann, ich vermute, als er Cleo kennenlernte, hielt er den Stress nicht mehr aus. Er wollte aussteigen, da haben sie ihn umgebracht."

„Woher weißt du das?"

„Einiges stand in den Stasi-Akten. Die Zeit hier, seine Beziehung zu dir, sogar, dass sie mich zur Adoption freigeben

149

wollten. Den Rest, in Nigeria, hat mir Cleo nach Vaters Tod erzählt."

„Wer ist diese Cleo? Du hast sie schon einmal erwähnt."

„Vaters nigerianische Frau. Ohne sie wäre ich womöglich nicht hier." Lucy lächelt, als sie Hannas Verwirrung sieht. „Glaub mir, ich hatte ein ganz gutes Bild, bevor ich nach Berlin kam. Es mag nicht alles punktgenau stimmen, aber so ganz daneben liege ich wahrscheinlich nicht. Nur von dir hatte ich außer einem verschwommenen Foto nichts."

„Wie passt dieser Salger in Kwames Geschichte?"

„Interessant, dass du dich an den Namen erinnerst!"

Hanna schüttelt den Kopf, als wolle sie längst vergangene Erinnerungen zurechtrücken: „Eines Tages tauchte er hier auf, gab mir einen Brief von Kwame in dem nichts war als die Adresse einer Schweizer Bank mit einer Nummer. Als ich mehr wissen wollte, meinte er, er wäre nur der Kurier. Dann ging er wieder."

„Salger war ein Waffenhändler, sie hatten sich ein paarmal im Westen Berlins getroffen, und er half Kwame in Nigeria auf die Beine zu kommen", sagt Lucy.

Hanna scheint ehrlich perplex. „Und du hast das immer gewusst?"

„Nein, ich vermutete es nur. Vaters Akte ist voller versteckter Hinweise. Eins ist jedoch klar, nachdem Nkrumah weg war, wollten sie Vater nicht mehr haben."

„Kwame bestand darauf dich mitzunehmen. Warum?"

150

Das fragt sie mich, denkt Lucy. „Vielleicht brauchte er mich, um dem ganzen Irrwitz einen Sinn zu geben. Vielleicht war ich auch eine gute Deckung für ihn, ich weiß es nicht. Ich weiß nur, dass er ein wunderbarer Vater war, bis sie ihn liquidierten. Wie alt warst du, als ich zur Welt kam?"

Hanna erschrickt über die neue Frage, als wäre sie in Gedanken noch bei Kwame gewesen. „Neunzehn, mit lauter Idealen im Kopf. Als ich schwanger wurde, hat mich die Familie verstoßen. Mein Gott was hatten sie für Vorurteile."

Lucy betrachtet sie skeptisch, als traue sie ihrer Version nicht ganz. „Weißt du was, Mutter, lass uns ausgehen. Ich lade dich ein, dann können wir weiterreden. Was hältst du davon?"

„Gern, ich kann aber nicht bezahlen. Ich bin arm wie eine Kirchenmaus."

„Mach dir darüber keine Gedanken. Kwame hat mir viel Geld vermacht, er war reich, als er starb. Und diese Nummer der Schweizer Bank, hast du die noch?"

„Ja, willst du sie haben?"

„Nicht jetzt, das hat Zeit. Vielleicht bist ja gar nicht so arm, wie du denkst, und Kwame hat dir einen Teil seines Vermögens in der Schweiz vermacht."

In einer Kneipe, in der Kopenhagener Straße, suchen sie sich eine stille Ecke und Lucy bestellt für beide dasselbe Tagesmenü. Sie holt die Getränke vom Tresen, schenkt der

Mutter ein und sagt mit gespielter Leichtigkeit: „So, jetzt erzähl mir, wie es dir die letzten Jahre so ging."

Hanna wirkt überrascht, als hätte sie gehofft, dasselbe von Lucy zu hören. „Da gibt es nicht viel zu erzählen." Verlegen nippt sie an ihrem Glas Wasser. In der Aufregung verschluckt sie sich. „Vieles liegt so lange zurück. - Anfangs hielt ich es kaum aus ohne euch. Ich stellte einen zweiten Ausreiseantrag, der wurde erneut abgelehnt. Darauf steckten sie mich für ein Jahr ins Gefängnis, mit der Begründung, ich wolle die Republik verraten. Egal, ich hab's überlebt." Sie nimmt einen Schluck Wasser und sieht sich im Lokal um, als suche sie eine Antwort. Schließlich, fast gelangweilt, schließt sie ab: „Ich habe nicht geheiratet und wohne immer noch in derselben Wohnung, in der wir die ersten Jahre zusammen waren."

„Warum habt ihr mich Lucy genannt?"

Hanna lacht, als wäre das völlig klar. „Wegen der Beatles, deren Song."

„Konntest du die einfach hören? Ich dachte ihr wärt ziemlich abgeschnitten gewesen."

Sie hat keine Ahnung, denkt Hanna, wie sollte sie auch: „Kwame durfte in den Westen, ich nicht. Vermutlich wären sie froh gewesen, wenn er dortgeblieben wäre, aber er kam immer wieder zurück, und einmal brachte er die Platte mit. Lucy in the sky …, ich war begeistert, so etwas gab es bei uns nicht. Er war auf einer Veranstaltung an der Freien Universität gewesen, über den Biafra Krieg, da hat er auch diesen Salger kennen gelernt. – Eigentlich habe ich alles von Kwame." Hanna wirkt verträumt, scheint in sich hinein zu lächeln. „Er hat mich gelehrt, dass es mehr gibt, als die Enge um uns herum. Dass man nicht Weiß sein muss, um ein guter Mensch zu sein."

„Du hast ihn gemocht."

"Ja sehr." Sie atmet tief ein, und auf einmal bricht es aus ihr heraus: „Du glaubst mir nichts, ich merke es an deinen Fragen. Aber wie soll ich dir erklären, wie es damals zuging, wenn du es nicht selbst erlebt hast?"

„Ich höre dir zu, aber ich verstehe dich nicht, Mutter. Vielleicht weil es ja wirklich verwirrend ist, aber auch weil meine Welt so eine andere ist und war."

„Ja, das ist es wohl."

„Aber rede weiter, ich bin deine Tochter, ich will dich kennenlernen, vielleicht verstehe ich dann auch besser wer ich bin."

„Wie du willst", geht Hanna eher widerwillig darauf ein. „In den neunziger Jahren, als die Wiedervereinigung mit dem Westen erfolgte, dachte ich anfangs, alles würde besser, aber für uns Vierzig- bis Fünfzigjährige gab es nur verschlossene Türen. Wir tickten nicht richtig, ideologisch verblendet, hieß es. Meine alte Firma schrumpfte und schrumpfte, bis sie schließlich an einen Investor verkauft wurde, der uns das Blaue vom Himmel versprach, aber eigentlich nur an den Grundstücken der Firma interessiert war. Wir Arbeiter waren ihm völlig egal. Eine Weile hielt ich durch, dann war auch ich dran. Ab und zu traf ich eine meiner früheren Kolleginnen auf ein Glas Wein, dann war auch das vorbei. Ich glaube, wir hatten das Gejammer über die Ungerechtigkeit der Welt einfach nur noch satt. Jetzt komme ich oft tagelang nicht aus der Wohnung. Ich sehe viel fern, aber manchmal weiß ich nicht mehr, was ich überhaupt gesehen habe. - Es geht mir nicht schlecht, ich habe das Nötigste, aber ich fühle mich wie eine Verliererin."

Lucy wirkt verunsichert, als hätte sie etwas anderes erwartet. „Du hörst dich deprimiert an. Ist es, weil sie dir deine Ideale gestohlen haben?"

Hanna schüttelt den Kopf. „Ideale, die sind schon lange weg, sie gingen mit euch und kamen nie mehr zurück. Wir träumten wirklich von einer anderen Gesellschaft, Lucy. Aber als sie drohten, dich uns wegzunehmen, brach meine Welt zusammen. Dass sie mir das Studium verweigerten, spielte schon keine Rolle mehr."

„Warum hast du nicht gekämpft?"

Hanna lächelt bitter, schüttelt den Kopf, als fände sie die Frage völlig absurd. „Ich war neunzehn, Lucy, was erwartest du. Ich hatte ein Kind von einem schwarzen Studenten, der nicht mehr erwünscht war. Die Familie hatte mich verstoßen, und ich wollte ausreisen." Sie stockt, will aufhören und zwingt sich dann doch weiter zu reden: „Alles bekamst du nur auf Zuteilung: Wir brauchten eine größere Wohnung, aber auf einmal war unser Antrag verschwunden. Wir brauchten ein Kinderbett, doch die Bestellung war nie angekommen. Wir rannten nur noch gegen Gummi-

154

wände. Und als ich den Ausreiseantrag erneut stellte, wurde es unerbittlich."

„Aber Kwame war doch KGB-Agent, so steht es zumindest in den Akten", sagt Lucy fassungslos.

„Das glaube ich nicht. Nicht in dieser Zeit. Vielleicht vor dem Putsch in Ghana, oder später, als Preis für irgendetwas, das er versprochen hatte, um das Stipendium zu bekommen." Hannas Stimme ist fester, ihre Körpersprache entschiedener geworden, als müsse sie Kwame immer noch verteidigen. „Aber jetzt ist genug, alles Schnee von gestern, erzähl mir lieber von dir."

„Gleich, Hanna, ich muss das alles erst verdauen", sagt Lucy, und atmet tief durch.

„Dann sag mir wenigstens, wie du dich fühlst, bist du Nigerianerin, oder doch mit einem kleinen Teil auch Berlinerin? Was denkst du, wenn du so durch unsere Straßen gehst?"

Jetzt kommt sie, die Schlüsselfrage, denkt Lucy: Wer bist du? Wo gehörst du hin? Besser, ich lasse ihr keine Illusionen. „Vor ein paar Jahren habe ich Kwames Familie in Ghana besucht. Sie waren sehr nett zu mir. Einer meiner Cousins nahm mich mit an die Küste zu Elmina Castle, einem ehemaligen Sklaven Fort. Dort haben sie Menschen wie Tiere eingesperrt, bevor sie nach Übersee verschifft wurden. Die Dunkelheit der Kerker, der Dreck und Gestank müssen furchtbar gewesen sein. Damals habe ich geschworen, nie zu vergessen, dass ich Schwarz bin. Ich habe lange gebraucht, das zu verstehen. Heute, mit Anfang dreißig, weiß ich, dass ich ein Zwischenwesen ohne Wurzeln bin. - Berlin ist eine spannende Stadt, lebendig und witzig. Ich mag die Leute, aber es ist nicht meine Welt."

Hanna sieht lange auf Lucy, als sähe sie wieder das Kind vor sich, das sie verloren glaubte. „Als kleines Mädchen hast du viel geredet. Die Leute auf der Straße sprachen mich an, sie wollten wissen, wie so ein kleiner Mensch, noch dazu Schwarz, so gut deutsch konnte." Hanna schüttelt den Kopf, als könne sie es immer noch nicht fassen. „Kwame und ich träumten von einer gerechten Welt, in der die Starken für die Schwachen da sind. Wo wir unseren Besitz fair auf alle verteilen, so stand es zumindest in den Büchern, die ich damals verschlang. Er gab mir für ein paar Jahre das Gefühl von Freiheit. Weil er anders war, weil er sich für mich entschied, für mich, die sich vor der Welt fürchtete. Ich lebte in Büchern, und war glücklich, wenn ich in der Musik versinken konnte. Kwame wollte kämpfen, er sah, was um ihn herum passierte. Ich wollte nur, dass sie mich Musik studieren ließen. Als uns die Nachbarn in diesem Haus scheel ansahen, als sie über deine Hautfarbe gehässige Bemerkungen machten, war ich bereit, es als Ausraster zu sehen. Ohne euch war es, als wäre mir ein Schleier von den Augen gerissen worden. Plötzlich sah ich klar, was hier ablief, ein gigantisches Experiment, mit uns Menschen als Versuchskaninchen. Ich habe mich geschämt, und ich habe mich unsäglich nach euch gesehnt."

„Warum hast du nie versucht, mich zu dir zu holen, als du von Kwames Tod erfahren hast? Ich weiß, dass Cleo dir schrieb", fragt Lucy kalt. „Sie hat es mir gesagt."

Hannas Augen füllen sich mit Tränen, sie sieht aus dem Fenster, als könne sie draußen auf der Straße eine Antwort finden. Auf einer Straße, die seit Jahren nicht mehr grau und verfallen aussieht, auf der neues Leben entstanden ist, mit jungen Menschen, die sich nicht mehr daran erinnern können, wie die DDR war. Wo man nicht einfach auf ein Amt gehen konnte, um einen Pass zu beantragen, oder zum nächstbesten Arzt für die Tropenimpfungen, um danach das Visum für Nigeria abzuholen. So war das nicht, Lucy, denkt sie, aber wie soll ich es ihr erklären. Sie weiß nicht, was es heißt, machtlos einem Staat ausgeliefert zu sein, der Kinderbetten willkürlich verteilt, und Wohnungen nach Parteizugehörigkeit vergibt. „Den Brief habe ich nie erhalten", sagt sie brüsk. „Aber es hätte auch nichts geändert. Ich durfte nicht, Lucy, ich lebte am Rand, unauffällig und verbittert. Jedes Mal, wenn ich an dich dachte, schmerzte es. Das ertrug ich nicht auf Dauer, also versuchte ich, dich zu vergessen."

„Vergessen, seine eigene Tochter vergessen?", fragt Lucy entsetzt. Sie springt auf, nimmt ihre Jacke und will gehen.

„Das darfst du nicht tun", sagt Hanna, den Tränen nahe. „Ich wollte doch nur, dass du verstehst, in welcher Zeit wir lebten. Es fällt mir schwer die richtigen Wörter zu finden." Sie kramt ein Taschentuch hervor und trocknet eine Träne ab. „Sie haben mich um mich selbst betrogen. Ich sehnte mich danach in Rom spazieren zu gehen, oder den Duft der Wüste einzuatmen. Du verwindest nach einiger Zeit, dass dir das verwehrt ist, aber dass sie dich um dich selbst betrügen, deine Fähigkeiten, deine Eigenschaften ignorie-

157

ren, das verwindest du nie. Sie forderten Verständnis, wo es nichts zu verstehen gab. Einsicht und Geduld, wo ich doch vor Ungeduld zitterte. Ich sah Bilder von Nigeria, die mir den Kopf sprengten, aber ich konnte nicht hin. - Ein Auto, das mit angezogener Bremse gefahren wird, geht kaputt. So fühlte ich mich, und dann ging ich ja auch kaputt. Und als die Mauer fiel, merkte ich erst, dass ich nicht mehr zu reparieren war. Ich hatte begonnen, mir meine Gefühle zu verbieten."

Lucy hat sich wieder gesetzt und still zugehört, ohne Hanna aus den Augen zu lassen: „War das dein Leben?", fragt sie schließlich.

„Du bist die erste, der ich davon erzählt habe."

****

Ab sofort will Lucy mehr wissen, jedes Detail, vor allem was sich hinter dem Schleier an Andeutungen verbirgt, der über Kwames Stasi Akten liegt. „Bitte erzähl mir, wie es war, als Kwame ausgewiesen wurde. Hast du von seiner KGB-Geschichte gewusst?"

Hanna sieht sie verwundert an, als verstünde sie nicht, auf was Lucy hinauswill. „Bin ich so schlimm?", fragt sie verunsichert.

„Ich will nur verstehen. Eine Tochter, die dich gerade erst gefunden hat", lächelt Lucy. „Es gibt so viel, das im Untergrund wabert, von dem ich keine Ahnung habe.

Hanna schüttelt den Kopf. „Ich traue meinen Erinnerungen nicht mehr. Wie gesagt, vom KGB habe ich nichts gewusst. Aber du misstraust mir, wer weiß, was du alles in diesen Akten gelesen hast."

Für eine Weile schweigen sie, bis Hanna fragt: „Du meinst, ich hätte ihn beschützen sollen, aber ich war zu jung. Alles überstieg meine Kräfte. Und Kwame ist nicht hier gestorben", fügt sie trotzig hinzu.

„Ist gut Mutter, ich will nur wissen wie es dir und Kwame erging."

„Alles ist so lange her." Hanna scheint weit weg zu sein, die Augen auf einen Punkt hinter Lucy gerichtet. „Dieser Stasi-Mann hinter seinem Resopal Schreibtisch fixierte uns wie Verbrecher", sagt sie plötzlich, als würde sie aus einem Meer an Erinnerungen auftauchen. „Er fragte nach deinem Namen, als wüsste er ihn nicht längst aus den Akten. Ob wir dich wirklich behalten wollten." Unmerklich ist Hannas Stimme dunkler geworden. „Genossen, sagte er. - Wie ich den Mann gehasst habe. - Immerhin habe die Gesellschaft eine Verantwortung für ihre kleinen Mitbürger, meinte er, als müsse er uns zum Sozialismus bekehren. Am liebsten hätte ich ihm die Augen ausgekratzt. Die ganze Zeit über hielt Kwame meine Hand, er presste sie so hart, dass ich fast geschrien hätte."

Hanna steht auf und stellt sich ans Fenster. Als sie zurückkommt, spricht sie, jetzt viel ruhiger, weiter. „Du musst wissen, in Ghana wäre Kwame als Kommunist unter den Obristen für Jahre im Gefängnis gelandet. Nigeria war seine einzige Option." Nach einer Pause, die Lucy wie eine Ewigkeit vorkommt, sagt Hanna, als säße sie immer noch im Büro der Staatssicherheit: „Kwame fragte diesen graugesichtigen Kotzbrocken ganz ruhig, was wir tun könnten, um dich zu behalten. Seine Stimme klang hohl, wie ich sie nie zuvor von ihm gehört hatte. Und der Mann sagte in seinem sächsischen Dialekt, dass sie ein gewisses Interesse an der Region hätten, aus der Kwame stamme. Er könne jederzeit dorthin ausreisen und dich mitnehmen, ich dagegen müsse dableiben, ich wäre schließlich eine Bürgerin dieses Staats. Kwame nickte und sagte, wir würden darüber nachdenken. Auf dem Weg nach Hause sprachen wir kein Wort. Alles um mich herum lag im Nebel, dabei war es klar und schön. Sogar die Vögel zwitscherten mit einer Reinheit, wie ich sie nie zuvor gehört hatte." Hanna hört einfach auf und starrt in den Innenhof. „Ich konnte nicht darüber reden. Ich dachte, was ist, wenn du es als Ausrede empfindest. Auch jetzt noch, wenn ich mich so höre, kommt mir alles so unwirklich vor. Dabei gibt es dich, du sitzt mir gegenüber und hörst mir zu. Lange hatte ich Albträume, dass ich Schein und Wirklichkeit verwechsle. Erst nach der Wiedervereinigung gab es diese Berichte und Filme über Zwangsadoptionen in der DDR, da fühlte ich mich bestätigt. Gleichzeitig wuchs die Angst in mir, alles geträumt zu haben. Dass ich die Berichte auf mich übertrug, weil ich wollte, dass es so hätte sein können. - Glaubst du mir, oder denkst du, ich könnte alles erfunden haben?"

„Es ist gut, Mutter, quäl dich nicht mehr. Ich bin real und zeige dir meine Welt, und du zeigst mir deine. Einverstanden?"

Hanna lächelt unter Tränen. „Ja, so machen wir's. Du hast von Kwames Tod gesprochen, als wüsstest du bescheid. Gibt es ein Grab?"

„Nein, sie haben den Stadtteil niedergewalzt, wo Cléo ihn begraben hat. Der Friechof liegt jetzt unter einer Schnellstraße." Lucy klingt unbeteiligt, faktisch und abschließend. Tief drinnen ringt sie mit den Tränen. Nur jetzt keine weitere emotionale Diskussion, denkt sie, das ertrage ich nicht. „Was hältst du von einer Tasse Tee, ich mache uns eine?"

„Gern."

Lucy rumort eine Weile in der Küche, bis Hanna zu ihr geht. „Ich bin auch nie in fremden Küchen klargekommen", sagt sie, und umarmt ihre Tochter: „Ich will mich dafür entschuldigen, dass ich nicht ernsthaft nach dir gesucht habe. Nach dem Gefängnis fehlte mir einfach die Kraft. - Aber da ist noch etwas, und ich will, dass du jetzt alles weißt. - Ein Jahr bevor du zur Welt kamst, hatte ich eingewilligt Kwame zu bespitzeln." Hanna sieht ängstlich auf ihre Tochter, als erwarte sie eine abweisende Reaktion. Doch Lucy schweigt beharrlich. „Ich war achtzehn, und es war der Preis für meinen Studienplatz, den sie mir trotz allem verweigerten", fährt sie fort. „Damals habe ich noch an das Regime geglaubt, weil ich dachte, wir würden eine andere Welt schaffen. Kwame habe ich nie davon erzählt."

Vorsichtig löst sich Lucy aus Hannas Umarmung und nimmt ihre Hand. „Kwame wird es gewusst haben, Mutter. Manchmal ist es besser, wenn etwas ungesagt bleibt. Ich habe von deiner Spitzelei in seinen Akten gelesen. Es ist als

Loyalität gegenüber dem System beschrieben. Wahrscheinlich hast du Kwame dadurch eher gestützt, aber ich fand es trotzdem schrecklich. Es dauerte, bis ich mich durchringen konnte, nach dir zu suchen."

Hanna spürt, wie die Bilder von damals zurückfluten: Wir hatten unsere Ausweise beim Pförtner hinterlegt und den Aufzug genommen. Das Linoleum quietschte unter unseren Gummisohlen. Ich ging einen halben Schritt voraus, Kwame hinterher. In dem Zimmer, das uns der Pförtner genannt hatte, saß ein Mann in Uniform und fixierte uns, als wären wir bereits verurteilt. – ,Sie haben auf dem Dritte Welt Kongress im Westen Berlins über den Biafra Krieg referiert', sagte er zu Kwame, als wäre es ein Verbrechen. Kwame stotterte, wie ein kleiner Junge, der sich ertappt fühlte: ,Ja, ich bin Afri... Afrikaner. Der Biafra Krieg hat für uns eine enorme Bedeutung, der erste postkoloniale Krieg in Schwarzafrika. Die Veranstalter der Konferenz wollten, dass ich darüber rede, weil ich aus der Region kam. Ich habe mir nichts dabei gedacht.' - ,Nichts dabei gedacht', wiederholte der Mann hämisch. - Die ganze Zeit ignorierte er mich, als wäre ich Luft. Schließlich wandte er sich doch an mich. ,Sie sind doch Bürgerin dieser Republik, wie konnten Sie sich überhaupt auf eine Beziehung mit Herrn Nduku, einlassen. Aber vermutlich haben Sie sich auch nichts dabei gedacht. Sie haben ein Kind. Ist es von Herrn Nduku?' fragte er, ohne dass es ihn wirklich interessierte, denn sofort wandte er sich wieder an Kwame. ,Dieser Mann, den Sie auf dem Kongress getroffen haben, ist ein Feind unserer Republik. Er trifft sich mit Mitarbeitern der amerikanischen Botschaft. Aber das konnten Sie natürlich auch nicht wissen.' Kwame schüttelte den Kopf und sah mich an, als wolle er sagen: Ich wusste es wirklich nicht. ,Mein Treffen mit Salger hing mit dem Militärputsch in Ghana zusammen', sagte Kwame auf einmal ganz ruhig, als hätte er verstanden, um was es ging. ,Er bot mir einen Job an, weil mein Stipendium gestrichen war, und ich nicht mehr in der DDR bleiben konnte. Ich wollte wissen, wie sicher ich in Westafrika wäre.' – ,Sie brauchen keine Erklärungen abzugeben. Beantworten Sie einfach nur meine Fragen. Am besten mit ja und nein, dann sind wir schneller fertig', sagte der Mann. – ,Warum haben Sie uns einbestellt?' fragte ich, und wusste sofort, dass wir keine Chance hatten. – ,Ihr Freund geht auf Kongresse im Westen! Was tut er dort? Er spricht mit Leuten, die uns nicht wohl gesonnen sind. Er hat kein eigenes Einkommen und lebt von Ihrem Gehalt. Wer ihn sonst noch bezahlt, wissen wir nicht. Noch nicht, aber wir werden es herausfinden. Und Sie haben einen Ausreiseantrag gestellt. Von ihrem Kind will ich noch gar nicht reden. Reicht das nicht für ein Gespräch?' – ,Gibt es etwas, das wir tun können, um meinen Fehler wieder gut zu machen?' fragte Kwame. Er klang als hätte er bereits aufgegeben. Aber der Mann ignorierte ihn einfach. – ,Ihr Kind, wollen Sie es überhaupt behalten?', fragte er mich. ,In Fällen wie Ihrem könnte eine Adoption durch angesehene Genossen durchaus gut für das Kind sein.' Ich konnte und wollte nicht darauf antworten, stattdessen fragte ich nach meinem Ausreiseantrag, den Tränen nahe. – ,Vergessen Sie ihn, aber melden Sie sich in ein paar

Tagen, wenn Sie sich das mit dem Kind überlegt haben', sagte er noch, bevor er uns die Tür wies.

Mit einem Seufzer taucht Hanna auf aus ihrer Gedankenflut. Sie weiß nicht, wie lange sie weg war, ob Lucy bemerkt hat, was in ihr vorging. Sie betrachtet ihre erwachsene Tochter und denkt: Ich habe es nicht geträumt, es gibt sie wirklich.

„Ihr habt in einer schwierigen Zeit gelebt, Mutter, wahrscheinlich hätte ich genauso gehandelt", sagt Lucy versöhnlich. „Es hat trotzdem weh getan, dich von dem Sockel zu stoßen, auf den ich dich in meinen Träumen gehoben hatte."

Ich habe keinen Sockel verdient, denkt Hanna, und blickt in den Innenhof, wo ein paar Kinder um eine quietschende Schaukel tollen. Lange Schatten schneiden scharfe Linien in die Brandmauer gegenüber. „War es schwer als Kind?", fragt sie leise.

„Am schlimmsten war es in der Schule. Fast alle hatten Eltern, ich dagegen nur dieses Gefühl der Leere. Dich gab es nicht, und Vater war immer unterwegs. Und als sie seine Leiche in einem Straßengraben fanden, war er ganz weg. Ohne Cleo wäre ich wohl auf der Straße gelandet." Lucy wischt sich über die Augen und lächelt entschuldigend. „Es gibt so viele Kinder hier, fast wie bei uns in Lagos", sagt sie, als wolle sie ihre eigene Kindheit möglichst schnell vergessen.

„Willst du lieber nicht darüber reden?"

„Ich möchte dich nicht damit belasten."

„Belasten? Nein, ich habe ein halbes Leben auf dieses Gespräch gewartet. Jeden Morgen wache ich auf und fürchte, dass du weg sein könntest. Egal was du sagst, es belastet mich nicht, ich bin nur glücklich, dass es dich gibt."

Lucy steht auf und holt sich ein Glas Wasser. Zurück, setzt sie sich neben Hanna und nimmt deren Hand. „Als ich älter wurde, entwickelte ich richtige Rituale", beginnt sie verträumt. „Immer wieder habe ich im Spiegel geprüft, wem ich ähnlichsehen könnte. Absurd, denn das Einzige, was ich zum Vergleich hatte, war ein Schwarz-Weiß-Foto von euch beiden. Kwame, groß, athletisch, strahlend, du einen Kopf kleiner, schmal. Ihr seht direkt in die Kamera, voller Vertrauen, dass euch nichts passieren könne, solange ihr nur zusammen seid. Das Foto ist ganz abgenützt von den vielen Küssen eines kleinen Mädchens." Lucy hängt für einen Moment ihren Gedanken nach, bis sie sich mit einer resoluten Geste eine Träne aus den Augen wischt. „Genug gejammert, es spielt keine Rolle mehr, was damals passierte."

****

Eines Morgens, als Lucy zusammen mit Hanna das Geschirr abspült, sagt sie eher beiläufig: „Am Dienstag nächster Woche geht mein Flug nach Lagos. In der Redaktion werden sie langsam unruhig."

Hanna reagiert gelassen, als hätte sie es längst erwartet. „Es wird uns beiden guttun, wieder in unser altes Leben einzutauchen. Kommst du zurück?"

„Ja, aber ich weiß nicht wann. Es ist sehr viel liegen geblieben in den letzten Wochen."

„Was denkst du, sollen wir bevor du fliegst noch für ein paar Tage nach Rügen fahren. Ich habe dir davon erzählt, und wir müssen raus aus dieser Wohnung."

„Eine gute Idee. Ich organisiere uns etwas. Lohme hast du gesagt, wenn ich mich richtig erinnere."

„Ja, es liegt direkt am Wasser."

Lucy mietet ein Auto und bucht eine Ferienwohnung auf dem Steilufer über dem Hafen. Die Sicht ist spektakulär und nichts hindert sie am Reden, außer dass Hanna meist nur am Fenster steht und aufs Meer starrt. Sie will erzählen, wie sie nach Rügen kam. Von dem Laborleiter ihres Chemiewerks, der ihr ein paar Tage auf der Insel ermöglichte, weil er spürte, wie nahe sie dem Zusammenbruch war. Es war nicht alles schlecht, denkt sie, wie sie unten am Strand saß, zwischen den Brocken in der Abenddämmerung, wenn der Wind auffrischte und die Meeresoberfläche in ein leichtes Kräuseln überging, während die Haufenwolken am Horizont, Türmen gleich, ihr wie Boten aus der Freiheit erschienen waren, aber sie fürchtet, dass Lucy es missverstehen könnte.

Mit einem Lächeln dreht sie sich zu Lucy. „Es kommt so vieles zurück, was ich verschüttet glaubte."

Lucy klappt den Laptop zu und sieht sie erwartungsvoll an. „Und? Erzähl."

Sie ist so schön, so groß, so unerschütterlich wie ihr Vater, denkt Hanna. Für mich war er nicht schwarz, nur ein Mann mit Überzeugungen, intelligent und stark. Sie hat es von ihm. Sie wäre eine andere Person geworden, wenn er sie nicht mitgenommen hätte, denkt sie, als sie die streichholz-kurzen Haare Lucys, ihren schlanken Hals, die klaren Augen in dem offenen Gesicht betrachtet. Und sie ist meine Tochter. „Was hältst du von einem Ausflug ans Meer? Auf dem Weg nach Sassnitz gibt es eine Abzweigung nach Werder, einem Weiler im Nirgendwo zwischen endlosen Buchenwäldern. Von dort führt ein gepflasterter Weg bis zu den Klippen, die Kaspar David Friedrich gemalt hat."

„Hört sich gut an. Wann willst du los? Jetzt gleich?"

„Ja, wenn du fertig bist mit deinen E-Mails."

„Die können warten."

„In Werder lassen wir das Auto stehen und gehen zu Fuß weiter. Ich bin gespannt, ob alles noch so ist, wie damals, als ich für ein paar Wochen hier war. Wenn alles zugebaut ist, fahren wir weiter nach Sassnitz. Dort am Hafen lässt es sich gut essen, und wir können reden."

Sie ziehen die Wanderschuhe an, stopfen das Regenzeug und eine Flasche Wasser in Lucys Rucksack, und machen sich auf den Weg.

In Hagen fahren sie vorbei an einem halb verfallenen Plattenbau, der wie ein Fremdkörper zwischen den kleinen Einfamilienhäusern liegt. „Hier habe ich damals gewohnt", sagt Hanna.

167

„In Hagen?"

„Ja, in der Ruine, bevor es zur Ruine wurde", lacht sie. „Das war so eine Art Erholungswerk für verdiente Mitarbeiter. Ich war gerne hier."

„Verdiente Mitarbeiter? Du? Ich dachte, du...", sagt Lucy, und verkneift sich den Rest.

„Unser Laborleiter wusste, wie schlecht es mir ging. Es war wohl seine Art sich zu entschuldigen, für das, was sie mit uns anstellten."

Nach Hagen wird die Straße zur kurvigen Achterbahn, bis ein gelbes Schild die Straße nach Werder anzeigt. Lucy biegt auf den mit Kopfsteinen gepflasterten Feldweg ein, ignoriert sämtliche Schilder zum Verhalten im Nationalpark Yarmund, und holpert, vorbei an ein paar einsamen Häusern, bis zu einem verlassenen Backsteinbau. Sie parkt im Schatten einer großen Buche und steigt aus. „Es scheint nicht viele Menschen zu geben in Werder", sagt sie, als sie sich umsieht. „Und, ist es noch so, wie du es in Erinnerung hast?"

„Das Haus war bewohnt." Enttäuschung liegt in Hannas Stimme. „Da vorne, das ist der Weg."

„Zu den Kreidefelsen?"

„So genau weiß ich es nicht mehr. Komm, es gibt Schilder."

„1,8 Kilometer bis zum Unesco Kulturerbe. Sind das die Felsen, was denkst du?"

„Vermutlich."

„Na dann los. Es ist nicht weit, und das Wetter scheint zu halten."

Der Weg, gepflastert mit rauen, quadratischen Steinen windet sich entlang eines Moor-Sees. Die kahlen Stämme abgestorbener Bäume ragen aus dem Wasser. Klares, hartes Licht dringt durch den Buchenwald. Lucy staunt über die fast unberührte Natur. In ihrer Welt hat sie Ähnliches noch nie gesehen. Wir könnten es uns nicht leisten, einen mit Kopfsteinen gepflasterten Weg mitten in die Landschaft zu legen, denkt sie. Und überhaupt, wer macht so etwas, außer die Angst treibt ihn um. Vielleicht fühlte sich die DDR bedroht, dachte, der Angriff des Westens erfolgt vom Meer her. Dann hätten sie solche Wege für ihre schweren Fahrzeuge gebraucht. „Es ist schön hier, Mutter, aber mir geht ein komischer Gedanke durch den Kopf. Glaubst du, dieser Weg wurde zur Verteidigung angelegt, weil die DDR dachte, sie würde vom Meer her angegriffen?"

„Nein, die Wege sind älter als die DDR. Ich weiß nicht, warum sie so solide gebaut wurden. Vielleicht wegen der Holzfuhrwerke, damit sie nicht im Schlamm versackten."

„Und ich dachte, deine DDR könnte paranoid gewesen sein."

Für eine Weile gehen sie schweigend nebeneinander her. Nur das Rauschen in den Wipfeln der Buchen und das Knirschen unter ihren Schuhen ist zu hören.

„Es war nicht meine DDR, und paranoid war sie sicher", sagt Hanna endlich, als hätte sie die ganze Zeit überlegt, ob paranoid das richtige Wort ist.

„Erzähl mir von der DDR. Vaters Stasi-Akte zeigt kein klares Bild, und das, was du mir bisher von euch erzählt hast.... Ich .... Ich verstehe es immer noch nicht." Lucy lacht kurz auf, doch es klingt gequält.

„Vielleicht bin ich die falsche Person, dir die DDR zu erklären. Ich bin zu befangen, es braucht einen Menschen mit der nötigen Distanz."

„Ich dachte, deshalb sind wir hier."

„Eigentlich wollte ich von dir hören, wie es euch erging, nachdem ihr die DDR verlassen hattet", sagt Hanna leise. Sie beißt sich auf die Lippen, als sie Lucys abweisende Reaktion sieht. „Gut, dann reden wir eben über mich." Ihre Stimme ist fester geworden, als hätte sie sich durchgerungen kein Tabu mehr stehen zu lassen. „Du denkst, ich habe dich und Kwame in Stich gelassen. Ist es nicht so?"

„Ja", sagt Lucy ohne zu zögern. Ein scharfer Zug liegt um ihre Mundwinkel. „Vielleicht sollten wir uns setzen, vielleicht fällt es dir dann leichter zu reden. Gleich hier auf den Baumstumpf, er hat Platz für uns beide." Ohne Hannas Antwort abzuwarten, nimmt sie den Rucksack ab und setzt sich auf den mit Moos überwachsenen Stumpf. „Komm, ich warte schon lange darauf."

Hanna stöhnt leicht, als sie sich neben Lucy setzt. Ihr Körper macht ihr zu schaffen, denkt Lucy, oder sie fürchtet sich vor der Wahrheit. Weniger geht aber nicht, sonst finden wir nie zusammen.

Hanna ist es zu unbequeme auf dem Baumstumpf, sie sucht eine Stelle daneben, im Moos, wo sie sich mit dem Rücken an den Stamm lehnen kann. „Wir wurden aufgerieben, Lucy. Wie soll ich es dir erklären, du wirst mir nicht glauben."

„Aber versuch's doch wenigstens."

„Nkrumah wollte, dass seine besten Leute im Ausland studierten. Kwame war einer von ihnen. Die DDR bot sich an, aus den Studenten gute Kommunisten zu machen, aber sie sollten nicht bleiben. Sie sollten der Brückenkopf nach Afrika werden, so dachte man eben im Kalten Krieg. Aber als in Ghana die Regierung wechselte, veränderte sich alles für uns. Wir waren plötzlich mittellos und Kwame war unerwünscht. - Wir haben trotzdem für eine Weile um eine Nische gekämpft, in der wir mit dir ohne Anfeindungen leben konnten, aber sie ließen uns nicht in Ruhe. Und als sie mich zwingen wollten dich zur Adoption freizugeben, an einen ehrenwerten Genossen, wie sie sagten, gaben wir auf."

Hanna wartet auf eine Reaktion Lucys, doch die schweigt beharrlich. „Adoption?", fragt sie schließlich, die Stimme rau.

„Das haben sie bei Leuten gemacht, die für Jahre ins Gefängnis mussten. Leute, die sie für gefährlich hielten und loswerden wollten."

171

„Aber du hast für sie gearbeitet", schreit es Lucy hinaus. Sie springt auf und geht ein paar Schritte, weg von Hanna, nur um gleich wieder zurück zu kommen. „Erzählst du mir das alles, um dich reinzuwaschen? Um deine Vergangenheit als Spitzel ertragen zu können? Dann kannst du dir den Rest auch sparen."

Hanna ist ruhig sitzen geblieben, aber sie atmet schwer. „Nein, ich will, dass du mich verstehst. Kwame musste das Land verlassen, er war nicht mehr erwünscht", wiederholt sie hartnäckig. „Er nahm dich mit, weil wir fürchteten, dass sie dich mir wegnehmen und ins Heim stecken könnten. Und meine Spitzeldienste brauchten sie nicht mehr, nachdem Kwame ausgereist war. Meinen Antrag, zu euch ausreisen zu dürfen, lehnten sie ab. Ich sei eine Bürgerin des Landes, und hätte schließlich Verpflichtungen gegenüber der DDR, hieß es. - Du kannst dir das heute nicht mehr vorstellen, aber wir lebten in einem Staat, der seinen Menschen eine Scheinwelt vorgaukelte. Die Regale waren leer, doch der Staat meldete unverdrossen Produktionserfolge. Wir wurden unterdrückt, nicht alle, manche hob er auf den Schild, was alles nur noch schlimmer machte. Es herrschte eine konstruierte, floskelhafte Sprache, die mich wahnsinnig machte. - Kwame und ich wollten anders sein, wir glaubten lange an die Ideale des Kommunismus. Wir waren jung und naiv, bis es uns wie Schuppen von den Augen fiel. Und als Kwame auf einem Kongress über die Dritte Welt - er durfte reisen, ich nicht - diesen Salger kennenlernte, der ihm einen Job in Nigeria anbot, nahm er sofort an. Das ist alles. Das meiste habe ich dir schon zuvor erzählt, es wird nicht wahrer, wenn ich es wiederhole."

Lucy sitzt für eine Weile nur hilflos da und starrt in die Landschaft. Sie denkt an ihr Haus in Lagos, an ihre Kollegen von der Zeitung, an die Bar, in der sie gerne sitzt, wenn sie vor Müdigkeit nicht mehr denken kann. Sie steht auf und umarmt Hanna. Sie betrachtet das störrische Haar ihrer Mutter, die Hände mit den ersten Anzeichen von Arthrose, den Fingern, deren Nägel zu kurz geschnitten sind. „Warum hast du mich Lucy genannt? Warum nicht Maria, Janina oder Hedwig?"

„Hedwig", lacht Hanna. „Darauf wäre ich nie gekommen. - Es waren die Beatles, ,Lucy in the sky with diamonds', den Song habe ich geliebt. Du und die Beatles, ihr wart meine Freiheit. Aber das habe ich dir schon erzählt."

„Ich wollte es noch einmal hören." Lucy steht auf und reicht Hanna die Hand, um ihr aufzuhelfen. „Komm, lass uns gehen. Es ist nur noch ein Kilometer bis zu den Klippen, wenn die Schilder stimmen."

„Willst du wirklich noch dahin, ich fühle mich sehr müde."

„Das schaffen wir, Mutter, jetzt, da wir endlich geredet haben, schaffen wir alles. Du wirst sehen, es geht dir gleich viel besser. Der Weg wird uns guttun."

Als sie später vor den Kreidefelsen stehen, tritt Hanna etwas zu nahe an den Abgrund. Sie will hinunter auf den Strand sehen, wo ein paar Menschen, klein wie Ameisen, wandern. Plötzlich spürt sie einen seltsamen Sog, wie damals auf dem Kirchturm in Lohme, auf den sie sich geflüchtet hatte, weil sie glaubte, die Welt nicht mehr ertragen zu können. Ich habe es damals nicht getan, warum sollte ich es jetzt tun, denkt sie. „Tu's nicht", hört sie Lucy, die ihre Hand auf ihre Schulter gelegt hat.

„Was?", fragt Hanna, und tritt einen Schritt zurück.

„Ist schon gut."

„Du meinst, ich wollte springen?"

Lucy zuckt nur mit den Schultern, als wäre nicht wichtig was sie denkt. Sie weist auf die Wolken am Horizont. „Lass uns gehen, es könnte bald regnen. Außerdem habe ich jetzt richtig Hunger."

„In Sassnitz gibt es ein gutes Fischrestaurant. - In ein paar Monaten, wenn ich das Geld gespart habe, komme ich dich in Lagos besuchen, falls du das möchtest."

„Wegen des Geldes …?", fragt Lucy überrascht. „Ich dachte immer…" Abrupt bricht sie ab, als käme ihr der Gedanke auf einmal absurd vor. „Kwames Vermächtnis reicht für uns beide. Und die Sache mit der Nummer in der Schweiz müssen wir auch noch klären."

Va banque

Konrad Kramers Tod kommt trotz seiner langen Krankheit überraschend. Zur Beerdigung sind viele Menschen, ehemalige Kollegen, Geschäftsfreunde, auch Schaulustige erschienen. Freunde? Nein, Freunde gab es wenige in Dr. Kramers Leben.

Der Grünwalder Pfarrer spricht mit Pathos und München hat seinen zweiten Bürgermeister entsandt, der eine salbungsvolle Rede hält, die im Gedränge um das Grab weitgehend untergeht.

Mit den Kindern zur Seite, steht Sabeth direkt vor dem Sarg. Zwei Schritte hinter ihr, Frohmut, dessen Frau und Verena, die eigens aus Berlin angereist ist. Frohmut scheint ehrlich betroffen vom Tod seines Bruders, als hätte er ihn so schnell nicht erwartet. Ansgar ist irgendwo in der Menge untergetaucht.

Sabeth nimmt wenig wahr von dem Andrang hinter ihr. Alles an ihr ist schwarz, nur das feuerrote Haar quillt in kräftigem Schwall unter dem breitkrempigen Hut hervor. Es verleiht ihr das Aussehen eines Paradiesvogels inmitten eines Schwarms schweigsamer Krähen. Über dem Grab liegt der Schatten einer hohen Rotbuche, was die Kränze und Blumengebinde wie einen Haufen hingeworfener Juwelen erscheinen lässt. Im Hintergrund droht eine dunkle Wolkenwand. Der Wind beginnt aufzufrischen und übertönt nur dürftig das erste Donnergrollen.

Sabeths Gedanken sind bei der letzten Nacht, die sie allein mit Konrad verbracht hat. Sie fand ihn im Rollstuhl, den er zur Diele hindrehte, als sie nach Hause kam. „Bist du es … Sabeth?" Die Stimme klang rau, aber freundlich, wie sie ihn lange nicht gehört hatte.

„Ja, tut mir leid, ich habe mich verspätet. Der Verkehr auf der Autobahn wird immer schlimmer, es hat fast eine Stunde gedauert bis zu unserer Ausfahrt. Wie geht es dir? Ich ziehe mir nur schnell die Schuhe aus. - Wann ist Dorothee gegangen? Bist du schon lange allein? Ist alles in Ordnung?"

„Es ist wie immer. Wir … müssen reden", sagte er und verzog den Mund zu einem schiefen Lächeln.

„Tun wir das nicht gerade? Hast du einen deiner bösen Momente, oder auf was muss ich mich einstellen?", versuchte sie es mit Leichtigkeit, und merkte sofort, wie falsch es klang. Am liebsten hätte sie losgeheult, denn kurz zuvor hatte ihr Ansgar gestanden, dass der Auftrag aus China geplatzt war. Wir bekommen etwas Neues, hatte er gemeint, doch sie spürte, wie hilflos und verloren er war. Auf einmal war es aus ihm herausgebrochen: Satt habe er es, immer wieder gegen eine Wand anzurennen. Die dauernden Sticheleien ihres ehrenwerten Mannes und seines abgewirtschafteten Bruders hasse er wie die Pest. Schon verblüffend finde er es, wie viel Gift alte, kranke Männer noch versprühen können. Und sie solle doch endlich aufhören, den beiden sämtliche Firmeninterna brühwarm aufzutischen, nur weil die beiden den maroden Laden einmal gegründet hatten, und daher nicht loslassen könnten. Dieses alberne Familientheater wolle er nicht länger mitmachen.

Ich hätte zurück brüllen sollen, denkt sie, als sie teilnahmslos die Beileidsbekundungen entgegennimmt. Ansgar ist es doch, der uns die ganze Misere eingebrockt hat. Gequält presst sie die Hände ihrer Kinder, als suche sie deren Halt.

„Frohmut ... meint, dass sich eure chinesischen Träume... in Luft aufgelöst haben. Was macht ihr jetzt?", hatte Konrad gefragt.

Warum nur habe ich so überreagiert, denkt sie. Aber der ganze Ärger über Ansgar und das Gemauschel der Brüder hinter meinem Rücken hatte sich aufgestaut. Doch Konrad nahm es gelassen, als wäre ich ihm längst völlig egal.

„Ich weiß, ... dass du Frohmut hasst. Es beruht... auf Gegenseitigkeit. Aber mach dir keine... Sorgen wegen China ... es war sowieso nur eins von Ansgars Hirngespinsten. Was passiert jetzt?", fragte er, und nahm mir den Wind aus den Segeln.

„Weiß ich doch nicht, Ansgar führt, ich helfe ihm nur, damit ihr nicht wie die Hyänen über ihn herfallt, wenn euch nicht gefällt, was er macht. Was schlägst du vor, du hast doch sonst auf alles eine Antwort?" Damit hätte ich es belassen sollen, dann wäre nichts weiter passiert, denkt sie. Ich hätte gehen sollen, raus aus dem Haus, Luft holen, durchatmen, aber ich habe es nicht getan.

Konrad war noch nicht fertig, er redete einfach weiter, stockend, als müsse er sich jeden Satz abringen: „Ansgar kann

177

es nicht... und du kannst es auch nicht. Wir brauchen einen erfahrenen Manager", sagte er, als hätte er schon alles vorbereitet.

„Du hast leicht reden. Wer würde denn so dumm sein, die Führung einer Firma zu übernehmen, in der zwei alte Männer nicht loslassen können? Wir sollten Ansgar dafür danken, dass er nicht schon längst hingeschmissen hat."

„Ja, vielleicht. Aber so wie jetzt... geht es nicht weiter. Was schlägst du ...vor?"

„Ich will gar nichts vorschlagen. Mir ist die Firma längst zuwider. Ansgars Zaudern, Frohmuts Sticheleien, und dein Misstrauen, ich ertrage es einfach nicht mehr. Du hast mir den Job in der Geschäftsführung aufgezwungen und jetzt machst du mir Vorwürfe, als wäre ich allein für die Misere verantwortlich." Da hätte ich ein Glas Wasser holen sollen, denkt sie, durchatmen und das Thema wechseln. Aber er wollte es unbedingt zu Ende bringen.

„Können wir ... nicht wie zwei erwachsene Menschen reden, die sich einmal gemocht haben?", fragte Konrad versöhnlich. „Mit möglichst wenig ...Emotion, sie raubt mir das letzte... Quäntchen an Energie. - Ich möchte... Frohmut noch eine Chance geben."

„Das ist doch lächerlich, nach allem, was er dir angetan hat! Und was passiert mit Ansgar, was passiert mit mir?"

„Du bist meine Frau und kümmerst dich ... um die Kinder. Um mich wirst du dich nicht mehr lange kümmern müssen", sagte er. „Was mit Ansgar passiert interessiert

178

mich nicht, er hat versagt, ... ich hatte große Hoffnungen in ihn..., dachte er hätte etwas von mir, es war ein Fehler", seine Stimme war schärfer geworden.

„Wie weit ist das schon gediehen? Bist du dir sicher, dass Frohmut mitzieht? Du warst es, der ihn entlassen hat, warum denkst du, dass er dir jetzt aus der Patsche hilft?"

„Er hat keine Wahl, sonst verliert er ... alles."

„Es war Frohmut, der die Firma zugrunde gerichtet hat, und jetzt soll er plötzlich ihr Retter sein?"

„Ich hatte die... Nerven verloren, als ich ihn entließ. Nein... Frohmut kennt die Firma... sie ist sein Baby. Er wird alles wieder ins Lot bringen. - Ansgar lebt in einem Wolkenkuckucksheim ... erfindet seine eigene Realität. China ... hat bei mir das Fass... zum Überlaufen gebracht. Wenn... wir nicht handeln, stehst du bald... mit leeren Händen da."

„Und, was ist, wenn ich nicht mitziehe, ich habe alle deine Vollmachten, kann tun und lassen was ich will. Wer soll mich daran hindern?"

„Ich, meine Liebe, noch lebe ich ja. Vollmachten können widerrufen werden. - Frohmut wird es tun, verlass dich drauf."

„Und, warum fragst du mich überhaupt?"

„Ich will, ... will, dass du einverstanden bist. Du bist meine Frau."

„Dein willfähriges Instrument, meinst du wohl?" - Es war zu viel, ich fühlte mich, als hätte ich die Hälfte meines Lebens im Schatten eines Despoten verbracht. „Und wie geht es weiter?"

„Frohmut wird sich um die Details kümmern. Mit meiner Unterschrift, … beim Notar, ist für uns … alles erledigt."

„Also hast du es bereits getan."

„Nein, ich will dich … überzeugen."

Konrad log, wie er es immer tat, wenn er nicht ganz Herr der Situation war, denkt sie, während sie mechanisch die Hände von Leuten schüttelt, die ihr Beileid bekunden wollen.

„Bitte … gib mir etwas von dem Haloperidol, ich schlafe danach besser", bat er, erleichtert, das Gespräch ohne Kampf zu Ende gebracht zu haben.

Er ließ mir keine Wahl, denkt sie, das Insulin stand direkt neben dem Haloperidol. Er wollte immer, dass ich ihm helfe, wenn es soweit ist, und jetzt war es eben so weit. Die Demütigung, mit Frohmut zu arbeiten, hätte ich nicht ertragen.

Er schien zu schlafen, als ich mit der Spritze in der Hand vor ihm stand. Dann öffnete er die Augen und lächelte. „Ich habe nachgedacht, wie es war, als wir uns kennenlernten", sagte er, und gab mir den rechten Arm.

Ich legte die Kompresse an, und sah, wie die Vene heraustrat. Ich wollte nicht daran denken, wie es war, als wir uns kennenlernten. Ich wollte, dass es vorbei ist.

„Hast du…, hast du … es getan?", flüsterte er, als ich die Nadel aus dem Arm zog. - Da wusste ich, dass er wieder gewonnen hatte.

****

Im Hintergrund steht Ansgar, und sieht, wie seine Mutter Sabeth umarmt. Die beiden mögen sich nicht, denkt er. Mutter war völlig aufgelöst, als sie von Konrads Tod erfuhr. Sie wollte mir etwas sagen, doch dann zog sie sich wieder in ihr Schneckenhaus zurück. Dabei war Konrad kein Mann, den man mögen konnte. Zu erfolgreich, zu unnahbar, am Ende nur noch böse. Er verlagert sein Gewicht auf das andere Bein, spürt, wie der dumpfe Schmerz im Kopf langsam nachlässt. Wenn nur das Gewitter endlich käme, denkt er, und schiebt sich näher ans Grab, um zu kondolieren.

Mit den ersten Tropfen löst sich die Trauergemeinde fluchtartig auf. Sabeth, die Kinder an sich gedrückt, steht allein vor den Kränzen. Ausdruckslos sieht sie in die offene, von Blumen überquellende Grube. Ihr Hut hat sich widerstandslos dem Regenguss ergeben. Als Ansgar anbietet sie wegzuführen, sagt sie. „Lass nur, wir drei schaffen das schon, aber komm bitte übermorgen vorbei, wir müssen reden."

In dem Moment kracht es und Ansgar sieht mit Entsetzen, wie der Blitz in eine der großen Tannen außerhalb des Friedhofs eingeschlagen hat. Verdammt, denkt er, sogar im Tod will uns Konrad noch zeigen, wer das Sagen hat.

****

Als Sabeth nach mehrmaligem Läuten die Tür öffnet, sieht Ansgar sofort, dass sie getrunken hat. „Bist du allein?", fragt er, „Wo ist Dorothee, wo sind die Kinder?"

„Dorothee habe ich weggeschickt, ich konnte sie nicht mehr ertragen. Sie schlich wie ein geprügelter Hund durchs Haus, und die Kinder sind woanders auch besser aufgehoben. Verena kümmert sich um sie, und bringt sie zurück ins Internat. Du kommst zu früh, ich bin überhaupt nicht fertig", sagt sie, und schlingt den seidenen Morgenmantel enger um den Körper. „Komm rein, nimm dir etwas zu trinken, ich brauche nur ein paar Minuten."

„Wie geht es dir?", fragt Ansgar, doch sie antwortet nur mit einem Schulterzucken. „Soll ich wieder gehen? Ich kann später zurückkommen."

„Nein, bleib, es gibt viel zu besprechen!", sagt sie auf dem Weg ins Bad.

Hm, denkt er, besprechen, kaum, dass er tot ist. Er geht zum Getränkeschrank und schenkt sich einen Campari mit Orangensaft ein. Für eine Weile hört er nur das gleichmäßige Rauschen der Dusche. Immerhin singt sie nicht, denkt er. Irgendwie fühlt er sich beschwingt, als wäre ihm eine Last von den Schultern genommen worden.

Als Sabeth zu ihm tritt zeichnen sich ihre Brustwarzen unter dem seidenen Morgenmantel ab. Ihr nasses Haar hat sie flüchtig zurückgebürstet, und zum ersten Mal fallen ihm die Sommersprossen in ihrem ungeschminkten Gesicht auf.

„Warum schaust du so komisch?", fragt sie, und setzt sich ihm gegenüber. Der Morgenmantel fällt auseinander und gibt ihre Knie und Schenkel bis zu den Schamhaaren frei.

„Nichts, du bist schön", sagt er verlegen.

„Unsinn, aber es tut gut zu hören. Du hast es lange nicht gesagt. Eigentlich noch nie, wenn ich mich richtig erinnere. Wer von uns beiden hat überhaupt den anderen verführt?"

„Das willst du ausgerechnet jetzt wissen?", fragt er verblüfft.

„Glaubst du, Konrads Geist schwebt noch hier rum?" Amüsiert lässt sie den Morgenmantel weiter auseinanderfallen.

„Was soll das?"

„Du meinst wohl, sie hätten mich mit ihm begraben sollen", lacht sie. „Wir sind nicht mehr bei den Azteken, oder wer immer die Frauen gleich miterledigte, wenn der König starb. Sei nicht kindisch. Komm her."

Sie nimmt seine Hand und legt sie auf ihre Brust. „Ich würde gerne mit dir schlafen, aber du scheinst plötzlich so hilflos. So kenne ich dich gar nicht."

„Sabeth, hier, zwischen all den Blumen?"

„Ich mag Blumen. - Vielleicht geht es mir ja danach besser." Sie lässt den Morgenmantel fallen und nimmt ihn bei der Hand. „Komm", sagt sie, und führt ihn in ihr unaufgeräumtes Schlafzimmer.

Wow, denkt er, sehr viel Zeit lässt sie nicht verstreichen. Für einen Moment, bevor er in ihr versinkt, sieht er aus den Augenwinkeln ein aufgerissenes Kuvert auf dem Schminktisch liegen.

****

„Hätte ich nicht für möglich gehalten", sagt er, als er schwer atmend neben ihr liegt.

„Was hattest du denn gedacht, dass es unanständig ist? Dass du nicht kannst? Dafür bist du viel zu jung." Spitzbübisch zupft sie ihn am Ohrläppchen und streicht ihm über die Lippen. „Ich muss mit dir reden, Ansgar." Ihre Stimme klingt weich und entspannt.

„Aber das tun wir doch gerade, oder willst du, dass wir uns anziehen, bevor du mich in deine Geheimnisse einweihst." Er lacht unsicher, zu unwirklich erscheint ihm die Situation. Sie nackt neben ihm, im Wohnzimmer Konrads Bild, umgeben von einem Meer weißer Lilien. Ihr Duft muss mir den Kopf vernebelt haben, denkt er.

„Nein, es ist besser so." Sie richtet den Oberkörper auf und stützt sich auf den Ellenbogen, um Ansgar anzusehen. Die Nacht, als Konrad starb, geht ihr durch den Kopf. Du bist meine Frau und kümmerst dich … um die Kinder, hat er gesagte, denkt sie. Er hielt mich für sein Hab und Gut, fand es nicht einmal nötig mit mir zu reden, bevor er uns beide an die Luft setzte. Bin gespannt, wie Ansgar reagiert, wenn er erfährt, dass er keinen Job mehr hat.

Ansgar spürt, dass sie in Gedanken woanders ist. Er betrachtet ihre leicht gesenkte Brust, nimmt eine Brustwarze zwischen die Zähne und beißt zart hinein. „Jetzt rede endlich, dich plagt etwas, das nichts mit Konrads Tod zu tun hat. Oder?"

Sie lächelt immer noch, doch langsam schleicht sich ein verräterisches Glitzern in ihre Augen. „Genau. Unser Spiel ist aus. Ich bin ruiniert, und du stehst auf der Straße." Sie wartet auf eine Reaktion, doch als er weiter nur an die Decke starrt, fährt sie fort. „Nach Konrads Tod, fand ich auf dem Schreibtisch einen Umschlag, an mich adressiert, ohne weiteren Kommentar. Dort liegt er, es ist Konrads Vermächtnis. Er hat Frohmut wieder eingesetzt und anscheinend kann der jetzt machen, was er will. Für mich ist es ein einziger Affront. Wenn Konrad wenigstens noch darüber geredet hätte, aber er erging sich nur in dubiosen Andeutungen. Und dann finde ich es schön verpackt auf seinem Schreibtisch, sauber vom Notar abgesegnet. Er muss es schon seit einiger Zeit geplant haben, als hätte er mit seinem Tod gerechnet. Es ist ein Albtraum."

Ansgar starrt nur weiter an die Decke. Mist, denkt er, er hat uns ausgetrickst, und dann hat er sich mir nichts dir nichts verabschiedet. Nicht die feine Art, aber typisch.

„So sag doch etwas", reißt sie ihn aus seinen Gedanken.

„Du hast es also bereits bei der Beerdigung gewusst", sagt er, und atmet tief durch. „Ohne einen Ton zu sagen."

„Hätte ich eine Szene machen sollen? Vor wem? Vor dir, vor Frohmut? Du hältst mich wohl für dümmer als ich bin."

„Ich glaube, wir sollten uns anziehen", sagt er, geht ins Bad, kommt aber gleich wieder zurück und schlüpft hastig in die Kleider. „Damit habe ich nicht gerechnet. Vor einiger Zeit vielleicht, aber jetzt nicht mehr. Hatte er irgendwelche Andeutungen gemacht?"

„Nein, nichts. Er war nicht glücklich über unsere Arbeit, aber das wussten wir ja. Und dass wir miteinander schliefen, half auch nicht", fügt sie hinzu.

„Wusste er davon?"

„Natürlich, was denkst du. Er hatte Parkinson, aber er war nicht doof. - Was machen wir nun?"

Wow, was für ein Idiot ich doch bin, denkt er. Hänge mich an die Frau, weil ich dachte damit alles kriegen zu können, den Aufstieg und die Firma. Und jetzt stehe ich mit leeren Händen da. „Ich weiß es nicht. - Dir bleiben doch immer noch seine Vollmachten, oder hat er sie widerrufen, ohne dass du es gemerkt hast. Du hast nichts abgezeichnet, um das er dich schnell zwischen Tür und Angel unterschreiben ließ. Wegen seines Nachlasses oder Ähnliches, in dem er dir die Rücknahme der Vollmachten untergejubelt haben könnte?", fragt er nach kurzem Überlegen, als sein Verstand wieder zu arbeiten beginnt.

„Natürlich nicht", sagt sie tadelnd. „Konrad war todkrank, sogar gesund hätte er so etwas nicht getan."

Immerhin hat er uns klassisch ausmanövriert, denkt Ansgar. „Entschuldige, so war es nicht gemeint. Dann hat er es allein mit Frohmut über den Notar gespielt. Darf ich die Papiere sehen?"

„Auf meinem Schminktisch, meine Morgenlektüre gewissermaßen", lacht sie gehässig. „Ich mache mir inzwischen einen Espresso. Für dich auch?"

„Ja, gern."

Ansgar überfliegt den Inhalt und setzt sich zu Sabeth an den Küchentisch. Resigniert stützt er das Kinn auf beide Daumen. „Es ist wasserdicht", sagt er. „Frohmut bestimmt jetzt den Zeitplan. Irgendwann wird er dir die Pistole auf die Brust setzen. Für mich ist es wohl besser ich sehe mich nach einem neuen Job um."

Für eine Weile sitzen sie schweigend da. Als der Kaffee durchgelaufen ist, holt Sabeth beide Tassen und stellt eine vor Ansgar. Sie selbst nimmt sich einen gestrichenen Teelöffel Zucker und rührt bedächtig, während sie Ansgar nicht aus den Augen lässt.

„Aber vielleicht täusche ich mich auch", sagt er, bevor er den ersten Schluck nimmt. Er wiegt den Kopf hin und her, und klingt plötzlich nicht mehr ganz so hoffnungslos. „Die Firma braucht Geld, so oder so. Wir könnten Fakten schaffen und eine Mehrheit an der Firma verkaufen, bevor Frohmut übernimmt. Was denkst du?"

Sie nippt an ihrem Kaffee und sagt: „Was meinst du mit verkaufen?"

„Wenn wir einen Investor finden, der gemeinsam mit uns die Firma ausbauen will, wird es schwer für Frohmut, so weiter zu machen wie bisher. Wir bleiben im Spiel und manövrieren unsererseits Frohmut aus. Geld kann ich beschaffen, da bin ich gut drin, ich weiß nur nicht, ob es schnell genug geht. Soll ich, oder soll ich nicht? Wenn ja, muss ich mich beeilen."

„Ach Ansgar, du mit deinen hochfliegenden Ideen."

„Sabeth, es ist deine einzige Chance, wenn du nicht die nächsten zehn Jahre vor Frohmut buckeln willst."

„Ich weiß nicht, es klingt zu simpel. Aber ihr Zahlenmenschen stellt alles immer als einfach dar, und dann geht es in die Hose. Ich hätte mich nie auf euch einlassen dürfen."

„Glaubst du, du wärst ohne mich besser gefahren?", fragt er kalt. „Wer nichts wagt, gewinnt auch nichts. Und manchmal verliert man halt auch. Was willst du, soll ich oder soll ich nicht?"

Sie wirkt resigniert, und für einen Augenblick sieht sie aus, als würde die Luft aus ihr entweichen. „Geh und versuch's", sagt sie schließlich. „Vielleicht klappt es ja."

„Ja, aber du lässt mich nicht im letzten Moment hängen?", fragt er nach, unsicher, ob sie es auch wirklich meint.

„Ansgar! Wann habe ich dich schon hängen lassen?"

„Gut, ich halte dich auf dem Laufenden. Aber jetzt brauche ich etwas Starkes nach diesem Schock. Du auch?"

„Ja bitte."

Er geht zum Getränkeschrank und kommt mit zwei Gläsern Whiskey zurück. „Straight, wie immer." Mit einem aufmunternden Lächeln reicht er ihr das Glas. „Je länger ich darüber nachdenke, scheint mir ein Teilverkauf der einzig gangbare Weg. Frohmut ist nicht der Schnellste, außerdem wird er pietätvoll eine Weile warten, und denkt wahrscheinlich, dass ihm sowieso nichts passieren kann, mit seinen wasserdichten Vollmachten. Vielleicht wird er auch eine Weile zusehen, wie wir beide strampeln. Wie eine Spinne, die uns in ihrem Netz gefangen hat. Aber ich komme ihm zuvor, und plötzlich steht er mit leeren Händen da." Je länger Ansgar redet umso euphorischer klingt er, begeistert über die eigenen Worte, als hätte er bereits gewonnen.

Sabeth hört mit Skepsis, wie er sich an seinen Wunschvorstellungen berauscht. „Glaubst du, Konrad hat damit gerechnet, dass er stirbt?", fragt sie, auch um Ansgar auf andere Gedanken zu bringen. „Warum hat er den Umschlag an mich adressiert, er muss etwas geahnt haben. Irgendwie macht das Ganze keinen Sinn."

„Wie kommst du darauf. Der Zeitpunkt ist reiner Zufall, es hätte jeden Tag passieren können. Du bist Ärztin, du weißt wie es um ihn stand."

„Ich habe so ein komisches Gefühl. Was ist, wenn ihm Dorothee geholfen hat. Er könnte sich die nötigen Sachen besorgt und sie gebeten haben ihm zu helfen. Sie war so durcheinander, wie ich sie nie zuvor erlebt habe."

„Kann ich mir nicht vorstellen. Sie mochte ihn."

„Gerade deshalb."

189

Ansgar schüttelt den Kopf. „Nein, Sabeth, sei froh, dass es vorbei ist. Er hatte am Ende kein gutes Leben mehr. Es ist egal, wie es passierte. Außerdem warst du mit ihm allein, als er starb, hast du gesagt."

„Ja, aber…", sie stoppt abrupt, als hätte sie bereits zu viel gesagt. „Und es spielt auch keine Rolle mehr, ob er uns vertraute", fügt sie schnell hinzu.

„Ja, wir können ihn nicht mehr enttäuschen", lacht Ansgar gehässig. „Jetzt geht es nur noch um Frohmut. Er oder wir, das macht alles viel leichter."

„Es stimmt, es war das Beste, was Konrad passieren konnte, bevor die Krankheit noch schlimmer wurde." Sie nimmt das Whiskeyglas und stellt sich ans Fenster von wo sie den Garten überblicken kann.

Ansgar spürt, dass es besser ist zu gehen. Er steht auf und legt seine Hand auf ihre Schulter. „Es war ganz sicher das Beste", sagt er leise. „Kommst du klar allein?"

„Es geht schon. Gut, dass du gekommen bist, und vielen Dank für alles. Sehe ich dich bald?"

„So oft du willst. Am Montag solltest du in die Firma kommen, die Leute brauchen das Gefühl von Kontinuität, sie sind sonst zu verunsichert. Und gib mir bitte Bescheid, wenn sich Frohmut meldet."

An der Tür dreht er sich noch einmal um und hebt beide Arme mit den Daumen nach oben.

Das Motorrad

„Na gut, dann gehe ich eben allein", sagt David. Er und Gerd diskutieren schon eine Weile mit der Selbstsicherheit frisch gekürter Abiturienten über die Teilung Berlins. Ob es Krieg geben wird, wenn die Mauer bestehen bleibt. In Zeiten der Atombombe keine leichte Sache, findet David. Er ist bereit zu kämpfen, wenn es denn sein muss.

Gerd, mit der Vorsicht eines Schwarzmarkthändlers ausgestattet, hält nichts von hehren Idealen. Er wurde während eines Fronturlaubs gezeugt, von einem Hallodri, der es nach dem Krieg schaffte, auf den Straßen der aufblühenden Bundesrepublik an Geld zu kommen. Als die Polizei begann aufzuräumen, verschwand er spurlos. Gerds Mutter vermutete, dass er sich in den Weiten der Südsee verloren hatte.

„Trinken wir noch einen?", fragt Gerd, dem das Gerede über einen hypothetischen Krieg langsam auf die Nerven geht.

„Hast du Geld?"

„Es reicht für zwei Bier. - Übrigens, ich habe ein Motorrad geschenkt gekriegt, von unserem Nachbarn. Er meinte, er wäre zu alt, um noch damit zu fahren. - Was hältst du von Paris? Da könnten wir hin."

„Wir zwei, mit einem Motorrad? Mann, das ist weit, tausend Kilometer oder so, schätze ich mal", schüttelt David den Kopf. „Vor einer Woche erst haben wir den Führerschein gekriegt, und jetzt willst du schon nach Paris. Außerdem geht das nicht ohne Geld. Ich habe nicht einmal genug für ein Bier. - Was für ein Motorrad ist es denn?"

„Eine Triumph, Doppelkolben, schon etwas älter. War aber mal die beste Maschine in ihrer Hubraum-Klasse. Willst du sie sehen?"

„Klar doch", nickt David. „Warum ausgerechnet Paris?"

„Da wollte ich schon immer hin. Achthundert Kilometer, keine tausend, ich habe nachgesehen, die schaffen wir leicht."

„Und was machen wir, wenn wir dort sind? Die Leute reden Französisch. Meines Wissens bist du über eine vier in Französisch nie hinausgekommen."

„Aber du hast eine Eins. Du redest, ich fahre."

„Und wo kommt das Geld her? Du hast meine Frage großzügig unterschlagen."

„Das kriegen wir hin. Wir arbeiten drei Wochen auf dem Bau, dann haben wir, was wir brauchen."

„Drei Wochen! Mann, mir stecken die drei Wochen im letzten Jahr noch in den Knochen."

Gerd grinst, als ihm einfällt, wie David fast zusammenbrach, als er ihm die schweren Zementsäcke vom Lastwagen auf die schmalen Schultern lud, damit er sie zum Betonmischer tragen konnte. „Ich stelle das Motorrad und du sprichst französisch. Ist doch kein schlechter Deal, oder?"

„Wann würdest du denn fahren wollen?"

„Na, Anfang September. So lange brauchen wir schon für das nötige Geld." Gerd sieht gespannt auf seinen Freund, dessen Zurückhaltung ihn nicht sonderlich überrascht. So ist er eben, denkt er, immer erst mal abwägen, könnte ja auch schief gehen.

„Ich habe einen Monat gebraucht, um mich von dem Schuften auf dem Bau zu erholen." David verzieht das Gesicht, als hätte er in eine Zitrone gebissen. „Ich weiß nicht. Zwei neunzehnjährige, die gerade erst den Führerschein gekriegt haben, auf einem klapprigen Motorrad nach Paris. Andererseits..." David wackelt unentschlossen mit dem Kopf. „So übel ist die Idee nicht. Immer noch besser, als den ganzen Sommer hier rumsitzen und Daumen drehen. Du kannst ja mal fragen, ob uns die Baufirma überhaupt nimmt."

„Hab ich schon, drei Mark dreißig die Stunde."

„Hm. Der effiziente Manager, wie immer. Wo steht die Maschine?"

Ein paar Straßen weiter hat Gerd das Motorrad im Schuppen eines Nachbarn geparkt. Der schwarze Lack ist mit Staub überzogen, nur der Sitz und die Handgriffe sehen aus, als hätte jemand daran herumgewischt.

„Ist wohl lange nicht gefahren worden. Die Zulassung fehlt", deutet David auf die abgelaufene TÜV-Plakette.

„Keine Sorge, kriegen wir hin. Ein bisschen Öl, ein sauberer Lappen und schon läuft sie wie ein Uhrwerk."

****

193

Auf dem Weg zum Technischen Überwachungsverein schätzt David den Bremsweg falsch ein und fährt auf ein Mistfahrzeug auf. Der Scheinwerfer wird zerdeppert und es dauert ein paar Tage, bis sie auf dem Schrottplatz Ersatz finden. Dazwischen schuften sie auf dem Bau, und nach drei Wochen haben sie tatsächlich genug Geld beisammen, um die Reise ernsthaft zu planen.

Schließlich, an einem trüben Samstagmorgen, bepacken sie das Krad mit Schlafsäcken, einem alten Armeezelt und dem Nötigsten an Gepäck. In ihren altmodischen Sturzhelmen, und dem gummierten Regenzeug, gleichen sie aus der Zeit gefallenen Astronauten. Kurz vor Freudenstadt im Schwarzwald beginnt der Motor zu zicken.

„Ha, ist nur Überhitzung", meint Gerd, „wir sind zu schnell gefahren, das schafft die alte Kiste nicht mehr. Wir übernachten hier, und morgen, wenn alles abgekühlt ist, läuft sie wieder wie am Schnürchen."

Die Nacht wird klamm und kalt, doch am Morgen springt die Maschine tatsächlich an. Sie schaffen es bis Metz, wo das Motorrad erneut streikt. In Intervallen zwischen Abkühlung und Fahrt erreichen sie trotzdem Paris und geraten prompt in die morgendliche Rushhour. Doch auf dem Place de la Concorde gibt der Motor endgültig auf. Links und rechts Autos, deren Fahrer wild gestikulierend um sie herumfahren. Irgendwie schaffen sie es, das schwer beladene Motorrad auf die Mittelinsel des Platzes zu schieben.

„Oh, Mann", bläst David die Luft aus. „Die Ankunft in Paris hatte ich mir eigentlich anders vorgestellt." Mit zitternden Händen versucht er sich eine Zigarette zu drehen.

„Wie denn? So eine Art triumphale Einfahrt, weil sie uns schon lange erwartet haben?", lacht Gerd, der sich auf die Stufen unter dem Obelisken gesetzt hat, und den Neptunbrunnen mit den barbusigen Weibern betrachtet. „Der Ausblick ist schon mal nicht schlecht", weist er grinsend auf die Figuren, und dann über den Platz bis zum Außenministerium, als wären ihm Neptuns nackte Frauen peinlich. - Was hatten wir uns eigentlich gedacht?, denkt er. Wir sind einfach losgefahren, wie zwei tumbe Trottel. „Okay, David, hier können wir nicht bleiben. Wir müssen runter von der Insel, dorthin, wo die Bäume sind", mit ausgestrecktem Arm weist er auf die Baumreihen neben der Einfahrt zur Champs Elysee. „Zu blöd, dass wir auf die Insel geflüchtet sind, aber ich konnte nicht mehr klar denken, als sich die Autos wie Heuschrecken auf uns stürzten, und wir mittendrin."

David wirft den Zigarettenstummel weg und nickt: „Ging mir genauso. Sieht nicht so aus, als würde der Verkehr bald abflauen. Und bis spät in die Nacht warten hat keinen Sinn. Außerdem habe ich Hunger. Eine Idee, wie wir da rüberkommen?"

„Warten bis die Ampel umschaltet und los. Von da drüben scheint weniger Verkehr zuzufließen. Ich geh voran und halte sie auf, eine Spur nach der anderen, sie werden mich schon nicht umfahren. Du schiebst hinterher."

David nickt. „Ich bleib ganz nah dran."

Als die Ampel umschaltet und der Verkehr kurz abflaut, stellt sich Gerd mitten auf die Straße und fuchtelt mit beiden Armen. Es funktioniert nur leidlich, denn die Autos schießen weiter ungebremst um sie herum. Erst als ihnen ein Polizist, der sie schon eine Weile beobachtet hat, mit seiner Trillerpfeife zu Hilfe kommt, schaffen sie es hinüber.

Nachdem sie das Motorrad geparkt haben, sagt der Polizist in blütenreinem Deutsch: „Ihr seht ganz schön mitgenommen aus. Wo kommt ihr her?"

„Aus Deutschland", sagt David und beißt sich auf die Lippen. Das sieht er doch am Nummernschild, denkt er.

„Von wo in Deutschland?"

„Einem kleinen Ort in der Nähe von München", sagt Gerd.

Der Mann kramt eine Schachtel Gitannes aus der Brusttasche und reicht jedem eine Zigarette. „Ihr seht aus, als könntet ihr eine brauchen. - München, ich war einmal dort, aber das ist lange her. Was macht ihr in Paris?"

David zündet die Zigarette an und reicht auch Gerd das Feuer. „Einen Freund meines Vaters besuchen. Er wohnt im Norden, an dem Port de Clignacourt. Da wollten wir gleich hin, aber das Motorrad gab den Geist auf."

„Ich hab's gesehen. Eigentlich müsste ich euch eine Strafe aufbrummen, wegen Verkehrsbehinderung, aber lassen wir das mal", lacht der Mann.

„Danke. Können wir hier in der Nähe frühstücken? Wir sind sehr früh losgefahren, ohne etwas zu essen."

Der Polizist betrachtet das alte Motorrad, die Packtaschen und den vollgestopften Gepäckträger, wobei er kaum merklich den Kopf schüttelt. „Das ist hier die falsche Gegend. Dort im Ritz könntet ihr frühstücken, aber vermutlich würde euch der Portier nicht reinlassen. Zwei Straßen weiter gibt es eine Brasserie, nicht zu teuer." Mit ausgestrecktem Arm weist er in die Richtung, in die sie gehen sollen. „Da könnt ihr auch das Motorrad abstellen. Hier darf es nicht stehen bleiben, sonst muss ich euch doch noch einen Strafzettel verpassen." Er dreht sich um, schnippt seinen Zigarettenstummel ins Gras und will gehen. „Passt gut auf euch auf, Paris ist eine große Stadt, und nicht alle hier mögen die Deutschen", sagt er zum Abschied.

„Zumindest keiner von den Autofahrern", brummt David, als der Polizist gegangen ist. „Was meinte er mit: Der Portier würde uns nicht reinlassen?"

„Ha, schau uns doch an. Sehen wir aus wie Leute, die zum Frühstück in einen Palast gehen."

In einer schmalen Seitengasse finden sie die Brasserie.

„Sollen wir wirklich?", fragt David. „Sieht auch nicht gerade billig aus."

„Egal, mir hängt der Magen schon in der Kniekehle. Der Mann sprach astreines Deutsch, meinst du, er war im Krieg?"

„Keine Ahnung, vermutlich kommt er aus dem Elsass. - Mann, wir haben es tatsächlich geschafft. Als das Motorrad immer wieder streikte, dachte ich, wie müssten aufgeben."

„Dachte ich auch, aber jetzt müssen wir etwas essen, sonst sind wir es, die zusammenbrechen."

Nachdem sie in holprigem Französisch bestellt haben, rekelt sich Gerd in seinen Korbstuhl, streckt die Beine aus und verschränkt die Arme hinterm Kopf. „Wo wohnt der Huber? Port de Clignacourt, weißt du, wo das ist?"

David, der gebannt auf die Straße starrt, als beginne er erst jetzt die Menschen, die Geräusche, die Hektik wahrzunehmen, ignoriert die Fragen. „Hast du noch eine von deinen Pall Mall?", fragt er.

„Hier." Gerd reicht die Schachtel über den Marmortisch. „Wir müssen uns französische besorgen, Gaulloise. Die Gitannes von dem Polizisten schmeckten ziemlich rau. Der Mann da drüben raucht welche mit gelbem Papier."

„Maispapier, habe ich gelesen. Anscheinend mögen die Franzosen gelb. Genau wie die Autoscheinwerfer. Komisch."

„Und hast du gesehen, wie sie die Zigarette im Mundwinkel hängen lassen, während sie reden." Gerd nimmt eine Pall Mall und versucht sie zwischen die Lippen zu klemmen.

„Nicht so, mit Speichel ankleben und runterhängen lassen, völlig schlapp. Irgendwie flippen sie sie hoch, wenn sie daran ziehen wollen", sagt David. „Mensch, Gerd, wir sind tatsächlich in Paris."

„Auf der Strecke dachte ich, wir müssten aufgeben. Ich hab einfach nicht kapiert, warum die Kiste abstarb und nach einiger Zeit wieder lief, als wäre nichts gewesen." Gerd drückt den Zigarettenstummel in den Aschenbecher und nimmt einen Schluck Kaffee.

„Und jetzt, hat dich der Gott auf dem Place de la Concorde erleuchtet?", fragt David amüsiert.

„Wenn dann schon eher die nackten Weiber um ihn herum. - Nee, keine Ahnung. Wir machen einfach weiter wie bisher: Warten bis die Maschine abgekühlt ist, und fahren wieder. Wird schon gut gehen. - Der Kaffee ist mir eigentlich zu stark." Gerd schiebt die Tasse zur Seite und sieht gespannt auf David. „Jetzt sag schon, wo dieser Huber wohnt. Wer ist er überhaupt?"

„Ich hab nur eine Adresse, schau auf dem Stadtplan, ob du sie findest. Über ihn weiß ich wenig. Meine Tante kennt seine Familie, noch aus dem Osten. Sie stammen aus Breslau. Nach dem Krieg hat es sie nach Stuttgart verschlagen, er blieb aber nicht lange. Es heißt, er wäre in der Fremdenlegion gelandet. Ob das stimmt, kann er uns ja selbst erzählen. Ich hoffe nur, dass er Platz für uns hat, sonst wird unser Paris Aufenthalt ziemlich kurz, bei den Preisen. Er würde schon etwas für uns finden, hat er meiner Tante geschrieben."

„Wo ist diese Porte de Clignacourt?"

„Im Norden der Stadt, noch innerhalb des Peripherique, stand in dem Brief." David steht auf und holt den Stadtplan aus der Satteltasche des Motorrads.

„Peripherique, was ist das?"

„Eine Stadtautobahn, so sieht es zumindest auf der Karte aus."

„Ha, auf keinen Fall eine Autobahn, mir hat das Desaster auf dem Place de la Concorde gereicht. Lieber fahre ich langsam quer durch die Stadt, und wenn die Kiste wieder abstirbt lassen wir sie einfach stehen", grummelt Gerd.

„Keine Sorge, ich finde uns einen Weg. Fährst du?"

„Muss ich wohl, es ist mein Motorrad, ich hab dich da reingezogen."

„Und wenn die Karre nicht mehr anspringt?"

„Keine Ahnung, bis jetzt hat sie ja immer funktioniert, wenn der Motor kalt war."

****

Huber wohnt in einer kleinen Etagenwohnung, und Valérie, seine Frau, will nicht, dass sie ihre Schlafsäcke im Wohnzimmer ausbreiten. Aber er kennt den Besitzer eines nahegelegenen Cafés, das auch Zimmer vermietet. Ein Zimmer unter dem Dach, würde gerade renoviert, da könnten sie die nächsten acht Tage kostenlos bleiben, bis die Handwerker aus dem Urlaub zurückkämen. Sie müssten nur mit dem offenen Dach vorliebnehmen. Bei Regen,

201

könnten sie ja eine Plane über das Loch legen, ansonsten wäre das Zimmer in Ordnung, mit einem Doppelbett, fließendem Wasser und eigener Toilette.

„Was haltet ihr davon?", fragt Huber, der ihre skeptischen Gesichter nicht richtig einzuschätzen weiß.

„Prima", sagt David sofort, bevor Gerd Bedenken anmelden kann. „Besser als im Park unter freiem Himmel."

Das Wetter meint es gut mit ihnen. Durch das Loch in der Decke können sie die Sterne sehen und Paris erweist sich als Offenbarung. Im Vergleich zu ihren heimischen Dorfstraßen bergen die riesigen Boulevards mit ihren Brasserien, Kiosken und Cafés, Geschichten wie aus Tausend und einer Nacht. Auf den Treppen nach Sacre Coeur küssen sich die Leute, und Montmartre, die Rue Clichy, erscheint ihnen als Ausbund an Verruchtheit. Die ersten Tage sind sie gefangen in ihrem Viertel, bis Huber meint, Paris habe mehr zu bieten als Clochards, Liebespaare und Nutten, die auf offener Straße ihrem Geschäft nachgehen.

Eines Abends, nach dem Schichtwechsel bei Renault, nimmt sie Huber mit zu Freunden, wie er sie nennt. Bevor sie losziehen kauft er drei Flaschen Rotwein im Supermarkt, die er einer Gruppe von Clochards unter den Brücken der Seine mit großem Hallo überreicht. Es sind fast nur Männer, sie riechen schlecht, haben verfaulte Zähne und schreien in einer Sprache, die nur entfernt an Französisch erinnert. Nachdem sie eine Flasche Rotwein, gemeinsam mit Huber und den beiden Jungen, geleert haben, gehen sie zurück, David in sich gekehrt, Gerd voller Fragen,

202

die er sich verkneift, weil er sich keine Blöße geben will. Beim Abschied vor dem Café lädt sie Huber für den nächsten Abend zum Essen ein.

*******************×*******

Valérie, Hubers Frau, hat ein Fünf-Gänge Menü mit Rumpsteak als Hauptgang vorbereitet. Gerd graust vor dem blutigen Fleisch, doch als David es mit Vergnügen verschlingt, probiert er es auch, überrascht, wie gut es schmeckt. Nach der dritten Flasche Rotwein traut er sich endlich zu fragen, was ihm schon lange auf dem Herzen liegt: „Was hat Sie, Herr Huber, eigentlich nach Paris gebracht?"

„Wie wär's, wenn ihr einfach Franz zu mir sagt, so hieß ich, als ich Deutschland verließ", lacht Huber. „Hast du darauf eine Antwort, Valérie?"

Als sie nur lächelnd den Kopf zur Seite legt, sagt er: „Wenn ich ehrlich bin, war es wohl die Legion, und dann vor allem Valérie, die mich behalten wollte."

„Wann warst du in der Legion?", fragt David.

„Gleich nach dem zweiten Weltkrieg, es war eine schwierige Zeit. In Deutschland alles kaputt, und in Frankreich, als Deutscher, ein Feind. Aber für die Kriege in Indochina und Algerien brauchte Frankreich Soldaten in der Legion, da kamen ein paar desillusionierte Deutsche gerade recht." Während er Wein nachschenkt, sagt er zu seiner Frau. „Du weißt, Valerie, es wird länger dauern, wenn ich zu erzählen beginne, und du kennst meine Geschichten schon alle. Wir drei machen die Küche später, geh ruhig zu deiner Schwester, wir kommen ganz gut klar. Und vielen Dank für das ausgezeichnete Essen."

„Trag nur deine Räubergeschichten nicht zu dick auf. - Hat es euch überhaupt geschmeckt?", fragt sie die Jungen.

„Es war wunderbar, so gut habe ich noch nie gegessen", sagt David, während Gerd zustimmend nickt.

„Passt auf, dass euch Franz nicht den Kopf verdreht. Die Legion war ein Fleischwolf, keineswegs ein Abenteuer, fast alle seiner damaligen Kameraden sind nicht mehr am Leben", sagt sie im Gehen. „Wenn er zu sehr ausschweift, nehmt ihm einfach die Zigaretten weg, dann hört er schnell auf." Sie küsst Franz auf den Mund und zupft ihm wie zufällig das Ohrläppchen. Dann geht sie, ohne sich noch einmal umzudrehen.

„Ihre Schwester wohnt nicht weit von hier. Eine Familie, die Paris nie verlassen hat, auch damals nicht, als die Deutschen die Stadt besetzt hielten", sagt Franz, nachdem die Tür ins Schloss gefallen ist. „Manchmal frage ich mich, warum sie ausgerechnet mich geheiratet hat. Sie meint, dass ich schon längst kein Deutscher mehr war, als wir uns kennenlernten, nur noch ein überzeugter Kommunist, der deutsch sprach und französisch dachte." Er sucht umständlich nach einer Zigarette, während er Gerd ansieht: „Du wolltest wissen, wie ich nach Paris kam. – Entschuldige, meine verkürzte Version von vorhin. In Wirklichkeit war es ein langer, beschwerlicher Umweg. - Breslau, wo ich geboren bin, hatten die Nazis noch in den letzten Monaten vor

Kriegsende zur Festung erklärt. Wohl auch deshalb wurde es von den vorrückenden Russen dem Erdboden gleichgemacht. Irgendwie kam die Familie raus aus dem Inferno und schaffte es nach Stuttgart, wo es auch nur Hass und Trümmer gab. Ich war fünfzehn und wollte leben. Also landete ich auf dem Schwarzmarkt, die Freiheit dort gefiel mir." Franz zündet sich eine neue Zigarette an, nimmt einen Zug und sieht dem kräuselnden Rauch hinterher. „Dann, nach der Währungsreform, ging nichts mehr auf den Straßen. Deutschland wurde rigide, wollte vergessen, und überall tauchten Altnazis auf, die natürlich nie etwas verbrochen hatten", lacht er gehässig. „Ich glaube, damals wurde ich zum Kommunisten. Ich hatte mir ein paar schlaue Sachen auf der Straße angewöhnt, und war wohl auch etwas wild geworden. Kurz gesagt, ich musste raus aus Deutschland. Die Fremdenlegion, die überall ihre Werber hatte, schien mir die einzig vernünftige Lösung. Besser als Gefängnis, dachte ich, und unterschrieb."

„So einfach, unterschreiben und schon geht's los?", fragt David verwundert.

„Ja, der Grand Nation zu dienen sei eine Ehre, sagten sie. – Als erstes bekam ich einen neuen Namen - Jacques Berthier - wir sollten unsere Vergangenheit hinter uns lassen, hieß es. Dann kam die Grundausbildung in Sidi bel Abbès, nicht weit von Algier entfernt. Baracken, Hitze, Sand. Es wurden die härtesten drei Monate meines Lebens. Aussteigen ging nicht mehr, also blieb nur noch Augen zu und durch. Schließlich wurden wir nach Indochina verlegt." Franz

205

nimmt einen Schluck Rotwein und sieht auf Gerd, der mit verschränkten Armen in seinem Sessel versunken ist.

„Ich dachte, da sind die Amerikaner?", fragt Gerd misstrauisch, als trüge ihm Franz zu dick auf.

„Ja, heute, aber 1954 gehörte der größte Teil Hinterindiens noch den Franzosen. Sie dachten, sie könnten da weitermachen, wo sie vor dem Krieg aufgehört hatten. Im Nachhinein völlig absurd. Auf einmal musste ich auf Leute schießen, die eigentlich nichts anderes wollten als ihre Freiheit. - Und dann hatte ich einfach nur Glück."

„Warum?", fragt David, der fasziniert an Franz' Lippen gehangen hat.

„Die Franzosen verloren in Dien Bien Phu. – Ihr wisst, was das war?"

„Ja, sowas wie eine Entscheidungsschlacht", sagt Gerd. „Warst du dabei?", fragt er gebannt.

„Nein, sonst wäre ich kaum hier. Wir waren als Verstärkung vorgesehen, kamen aber nicht mehr zum Einsatz. Nachdem Frankreich aufgegeben hatte, wurde unsere Kompanie nach Algerien verlegt, da ging es dann richtig los."

„Was meinst du?", fragt Gerd und zündet sich eine Zigarette an. „Ich mag diese Gitannes, besonders die mit den Maisblättern."

„Sie kommen langsam aus der Mode. Immer mehr Franzosen bevorzugen Filterzigaretten. Die kann man nur leider nicht in den Mundwinkel hängen", lacht Franz.

„Und, wie war das in Algerien? Gerd hat dich unterbrochen mit seiner blöden Zigarette", sagt David.

Franz' Gesicht verfinstert sich, als kämen die Bilder von damals zurück. „Das Land wollte unabhängig sein. Aber das passte den Franzosen nicht. Für sie war Algerien eine Provinz Frankreichs, wie die Bretagne oder die Provence. Das wiederum passte den Arabern nicht, also rebellierten sie. Es wurde ein widerliches Schlachten, bei dem sich keine Seite mehr an die Regeln hielt."

„Und da hast du dein Bein verloren?", fragt David.

„Ja, wir waren auf Patrouille, als unser Jeep auf eine Mine fuhr. Sie mussten mir dreißig Eisenteile aus dem Körper operieren. Eigentlich wollten sie beide Beine amputieren, aber ich habe mich geweigert zuzustimmen, bis ein junger Arzt bereit war zu operieren. Wir sind heute noch befreundet. - Manchmal, wenn wir bei Renault eine zu scharfe Schicht fahren, schmerzt das Bein ganz höllisch. Dann brauche ich ein paar Pausen mehr als die anderen. Aber die Kollegen sind bisher immer für mich eingesprungen. Ich habe Glück gehabt." Franz zieht das rechte Hosenbein hoch und zeigt eine lange, ausgefranste Narbe, die fast den ganzen Unterschenkel bedeckt. „Ich bin richtig stolz, dass noch das meiste dran ist."

„Und Valérie, wo hast du sie kennen gelernt?", fragt Gerd.

„Im Lazarett. Die Schwer-Verwundeten wurden, wenn es noch ging, ausgeflogen und hier in der Nähe von Paris in einem Militärhospital behandelt. Valérie war dort Krankenschwester. Ohne sie wäre ich jetzt ein Krüppel." Franz sieht gedankenverloren dem Rauch seiner Zigarette nach. David und Gerd spüren, dass ihn die Vergangenheit eingeholt hat. „Albert Camus hat lange in Algerien gelebt, deshalb habe ich fast alle seine Bücher gelesen", fährt Franz nach einiger Zeit fort. „Ein Satz ist mir immer noch in Erinnerung: ‚Die Menschen sterben und sind nicht glücklich'. So ist das Leben. - Aber genug von mir, jetzt erzählt mal, was euch nach Paris gebracht hat. Gerd, was machst du so, wenn du nicht gerade mit David durch die Gegend ziehst?"

„Ich will Ingenieur werden. Im Oktober fange ich mit Maschinenbau an." Gerd zieht nervös an der Zigarette, als käme ihm seine Zukunft, neben dem was Huber durchgemacht hat, banal vor.

„Dann wirst du also einer von denen, die uns am Band sagen, was wir zu tun haben. Aber du wirst das schon richtig machen. Ich hätte auch gerne studiert, aber es sollte wohl nicht sein. - Und du David? Hast du Gerd eigentlich erzählt, woher sich unsere Familien kennen?"

„Nur das, was ich von Tante Olga weiß. - Ich will auch studieren, weiß aber noch nicht was. Auf alle Fälle will ich weg aus unserem Dorf. Ein bisschen Abstand zur Familie täte mir ganz gut."

„Sei froh, dass du eine Familie hast. Ohne deinen Vater wärst du womöglich in Polen und müsstest patriotische Lieder singen", sagt Huber, dem Davids Bemerkung nicht gefallen hat.

„Vater, Polen, wie hängt das zusammen?", fragt David, einen Tick zu scharf.

„Hat er nie darüber gesprochen?"

„Nein, eigentlich spricht er überhaupt wenig, finde ich."

Huber zuckt mit den Schultern. „Willst du es wissen?"

„Ja, gern."

„Dein Vater, und meiner, waren in der Kommunistischen Partei. Sie mussten in den Untergrund, als die Nazis sich aufmachten die Welt zu erobern. Wenn sie ihn erwischt hätten, wäre er sofort liquidiert worden. Als du in diese Welt hinein geboren wurdest, mussten sich deine Eltern entscheiden, entweder als Familie zusammenbleiben, oder dich an eine unverdächtige Pflegemutter abgeben. Das haben sie getan, zumindest vorübergehend. Nach dem Krieg blieb dein Vater dann deinetwegen im Osten, weil die Pflegemutter dich nicht gleich hergeben wollte, während deine Mutter mit den Schwestern in den Westen vorausging. Erst zwei Jahre später kam dein Vater mit dir nach. Komisch, dass er dir nie davon erzählt hat."

„Von der Pflegemutter habe ich schon gehört, eher beiläufig, als wäre es ein Geheimnis. Die ganze Kriegszeit wird bei uns behandelt, als gäbe es etwas zu verbergen", sagt David frustriert.

„Für einen überzeugten Kommunisten ist Deutschland kein gutes Pflaster, habe ich gehört. Die meisten sind schon wieder abgetaucht. Bei uns hier ist es anders, gegen uns geht überhaupt nichts", sagt Huber voller Stolz. „Rede mit ihm. Ich konnte immer offen mit meinem Vater reden. Seit er gestorben ist, fehlt mir etwas. - Gerd schläft schon, kann sein, dass du ihn ins Café schleifen musst. Außerdem wollt ihr morgen früh los, habt ihr gesagt."

„Ja, wenn das Motorrad anspringt. Nach Brüssel."

****

„Wir hätten lieber in Paris bleiben sollen", flucht Gerd, als die Reise kurz vor Cambrai, im Norden Frankreichs, zu Ende scheint. „Ich hasse die Kiste", schreit er in die Landschaft, die der Regen in eine trübe Suppe verwandelt hat. „Vielleicht finden wir eine Werkstatt", sagt er, nachdem er sich wieder beruhigt hat. „Cambrai, keine Ahnung wie groß das ist, aber es wäre ein Wunder, wenn hier jemand eine alte Triumph-Doppelkolben reparieren kann. Auf jeden Fall müssen wir in die Stadt, zwei Kilometer stand auf dem Schild. Wenigstens hat uns das Miststück nie auf freiem Feld im Stich gelassen."

Na, so ganz stimmt das nicht, denkt David. Wenn ich an die kalte Nacht, vor Metz, unter freiem Himmel denke. „Wollen wir sie hierlassen? Wir können sie ja später abholen", schlägt er vor, und tätschelt den Tank des Motorrads, als wolle er es freundlich stimmen.

„Nein, wir schieben, und suchen als Erstes eine Werkstatt. Wenn wir keine finden, schmeißen wir die Kiste in den nächstbesten Graben und fahren mit dem Zug weiter. Setz dich drauf, ich schiebe." Gerd nimmt den Sturzhelm ab und hängt ihn ans Gepäck. Er zieht die gummierte Hose aus und grummelt leise vor sich hin. „Verdammtes Regenzeug, ist auf dem Motorrad schon unbequem, aber beim Gehen ..."

„Du scheinst die Nase ziemlich voll zu haben", sagt David über die Schulter.

„Du etwa nicht? Am liebsten würde ich die Karre gleich in den Straßengraben werfen und dort liegen lassen."

„Das können wir immer noch. Lass mich mal schieben."

Durchnässt und hungrig erreichen sie Cambrai, die Stimmung ist auf den Tiefpunkt gesunken.

„Was hältst du von einem Kaffee, vielleicht geht's uns dann besser?", meint Gerd.

211

„Gute Idee. Da drüben, in der Brasserie."

Während sie das Motorrad über die Straße schieben, kommt ein Mann auf sie zu, der sie schon eine Weile beobachtet hat. Er spricht sie auf Französisch an und wechselt sofort ins Deutsche, als er merkt, dass sie ihn kaum verstehen. Sein Deutsch klingt, als wäre es eingerostet, gespickt mit Wörtern, die kaum mehr benützt werden. Und noch etwas schwingt mit, etwas Zögerliches, als fiele es ihm schwer, die Sprache überhaupt zu benützen. „Wenn ihr wollt, lade ich euch auf einen Kaffee ein. Er ist nicht sehr gut, aber die Sandwiches sind ok. Euer Motorrad sieht etwas mitgenommen aus."

Der will nur labern, denkt Gerd, aber David nimmt die Einladung sofort an.

Sie stellen das Motorrad vor der Brasserie ab und folgen dem Mann hinein. Dort entpuppt er sich als ein sympathischer älterer Herr, der seit Generationen hier wohnt und nur wissen will, was sie, zwei junge Deutsche, in diese Bergbauregion verschlagen hat. „Die Gegend ist nicht gerade berühmt für ihre Sehenswürdigkeiten", sagt er, nachdem er ein paar Galettes mit Schinken bestellt hat.

„Wir kommen aus Paris und wollen nach Brüssel. Die Strecke über Cambrai schien uns am kürzesten. Aber jetzt ist hier wohl Endstation. Das Motorrad gab den Geist auf. Immer, nach rund zweihundert Kilometern, stirbt der Motor einfach ab, und springt nicht mehr an", sagt Gerd, dem der Frust ins Gesicht geschrieben steht.

„Und ihr habt keine Ahnung, was es sein könnte?"

„Nein, alle elektrischen Kontakte sind in Ordnung, die Lichtmaschine funktioniert, der Vergaser saugt an und schließlich läuft der Motor ja, wenn er wieder abgekühlt ist. Aber wir können so nicht weitermachen, immer ein Stück fahren, und dann einen halben Tag warten, bis sich die Kiste bequemt wieder zu laufen. Am liebsten würde ich das Gerät in den nächsten Straßengraben schmeißen", sagt Gerd.

„Na, wenn das jeder täte hätten wir bald einen Schrottplatz entlang der Straße", lacht der Mann. „Gleich in der Nähe gibt es eine Werkstatt. Ich kenne den Meister. Wenn ihr wollt, kann er sich euer Motorrad ansehen."

„Das wäre wunderbar", sagt David erleichtert.

Ein flüchtiges Lächeln erscheint auf dem Gesicht des Mannes, als er sagt: „Ich gehe schon mal hin, während ihr esst, nicht dass die Werkstatt ausgerechnet heute geschlossen ist. Macht euch keine Sorgen, ihr seid meine Gäste. Ich bin gleich wieder zurück."

„Warum, glaubst du, hat er uns angesprochen?", fragt Gerd, nachdem der Mann gegangen ist. „Um uns zu helfen? Warum sollte er das tun?"

„Warum nicht? Ich frage ihn, wenn er zurückkommt."

„Wenn er kommt. Vielleicht wollte er sich nur elegant verdrücken, nachdem er merkte, dass wir Deutsche sind. Ist nicht das erste Mal, dass uns das passiert. In Paris, auf den Treppen zum Sacre Caeur, der Typ, der dich ohne Grund vor die Brust gestoßen hat, erinnerst du dich noch?"

„Natürlich, aber der Mann hier ist anders, das spüre ich."

„Hoffentlich. - Eine Werkstatt wäre prima. Egal jetzt habe ich wirklich Hunger." Gerd schneidet sich ein großes Stück seiner Galette ab und stopft es in den Mund. „Er kommt tatsächlich wieder", sagt er mit vollem Mund, und weist mit dem Kopf auf den Mann, der gerade die Straße überquert.

„Sie sind sehr freundlich", sagt David, nachdem sich der Mann zu ihnen gesetzt hat. „Wir fragen uns, womit wir das verdient haben."

„Der Meister, erwartet uns, und er kennt den Doppelkolbenmotor", sagt der Mann, ohne Davids Frage zu beantworten. Er sieht zu, wie Gerd ein weiteres Stück der Galette verschlingt, und sagt dann ganz ruhig: „Ihr habt es euch nicht verdient. - Warum sind die nach Frankreich gefahren und ausgerechnet hier gelandet, habe ich gedacht, als ich das Nummernschild sah. Eigentlich hatte ich mir geschworen, nie mehr mit einem Deutschen zu reden. Zweimal sind eure Armeen hier durchgewalzt, im ersten und zweiten Weltkrieg, das hat euch nicht viele Freunde gemacht. Warum ich euch angesprochen habe, weiß ich nicht. Vielleicht wegen des kaputten Motorrads. Normalerweise fährt man ja damit", lacht er. „Und dann dachte ich: Irgendwann müssen wir wieder anfangen zu reden, wir sind schließlich Nachbarn. Und wenn die Leute reden, haben sie keine Zeit, sich die Köpfe einzuschlagen. Eine ganze Generation, junge Männer in eurem Alter, wurde in Verdun verheizt. Es hat nur mehr Hass gebracht und einen weiteren Krieg provoziert. Ihr könnt mithelfen, dass das nie mehr passiert. Und der Preis von ein paar Galettes ist nicht zu hoch dafür,

214

oder?" Der Mann winkt dem Kellner und grinst. „Die Rechnung bitte, die beiden Herren haben heute noch viel vor."

David sieht betreten zu Gerd, doch der schaut nur angestrengt auf seine Schuhspitzen. „Haben Sie selbst im Krieg gekämpft?", fragt er schließlich.

„Ja, im ersten, da war ich so in eurem Alter. Im letzten Jahr wurde ich noch eingezogen, und gleich darauf schwer verwundet. Das hat mir grotesкerweise das Leben gerettet, und den zweiten Weltkrieg erspart. Aber glaubt nur nicht, dass es für die Zivilisten leichter ist, wenn sie zusehen müssen, wie feindliche Panzer durch ihre Stadt rollen. Ich habe dann, so gut es eben ging, im Widerstand mitgemacht. Dabei bin ich ein ziemlich friedliebender Mensch. Manchmal glaube ich, dass mir die Bücher besser liegen als die Menschen. Sie sind auf jeden Fall weniger gefährlich."

„Wir haben in Paris einen ehemaligen Legionär getroffen", sagt David. „Der hat auch vom Krieg erzählt. Er hat den Algerienkrieg mitgemacht, bis ihm eine Mine das Bein zerfetzte. Als er in die Fremdenlegion eintrat war er Deutscher, jetzt ist er, glaube ich, Franzose geworden. Zumindest denkt er so."

Der Mann lächelt, als frage er sich, was David mit ‚französisch denken' meint, doch er geht nicht näher darauf ein. „Der Algerienkrieg war ein widerliches Gemetzel. Ich habe gefeiert, als de Gaulle das sinnlose Abschlachten beendete. Es hätte ihn fast das Leben gekostet."

„Warum?", fragt Gerd.

„Es gab ein Attentat gegen ihn, das aus Sicht der Attentäter schief ging. Erzählt mir von eurem Freund in Paris. Was macht er?"

„Er arbeitet am Fließband bei Renault und verteidigt die Rechte der Arbeiter. Keine Ahnung was das bedeutet", sagt David bestimmt.

„Ist er Kommunist?"

„Ja, überzeugter. Er kommt aus einer richtigen Kommunistendynastie", lacht Gerd.

„In der Résistance gab es viele Kommunisten. Einige waren ziemlich verbohrt, manche kämpften schon im Spanischen Bürgerkrieg. Die meisten mochte ich, aber nicht alle. - Ich glaube, wir sollten gehen, in der Werkstatt warten sie auf euch."

„Wissen Sie", sagt David im Gehen, „ich bin sehr froh, dass Sie uns angesprochen haben. Und ich hoffe, dass sich Deutschland und Frankreich nie mehr an die Gurgel gehen, meinst du nicht auch Gerd?"

„Klar doch, dann können wir öfter nach Paris kommen. Der Flic auf dem Place de la Concorde jedenfalls war schon ganz prima."

„Was ist passiert?", fragt der Mann

„Mitten auf dem Platz starb das Motorrad ab und sprang nicht mehr an. Um uns massenhaft Autos, links zwei Reihen, rechts zwei Reihen. Sie können sich vorstellen, wie wir geschwitzt haben. Da kam dieser Flic und hat uns mit sei-

ner Pfeife einfach durch den Verkehr gelotst. Ziemlich ein-
drucksvoll muss ich sagen."

„Und dann?", der Mann klingt plötzlich gespannt.

„Nichts weiter, er hat uns eine Zigarette angeboten und
sich danach wieder um den Verkehr gekümmert. Fand ich
toll", David blickt zu Gerd, der ebenfalls über den viel
schärferen Ton des Mannes verwundert ist.

„Und wie war Paris sonst noch?"

„Fantastisch, einfach nur fantastisch. Für uns beide war es
das erste Mal, dass wir in so einer großen Stadt waren. Ich
bin immer noch geplättet. - Aber was ist mit Ihnen? Haben
wir etwas Falsches gesagt?", fragt David.

„Nein, nein, mir ging nur ein böser Gedanke durch den
Kopf. Der Flic …"

„Warum? Er war in Ordnung!"

„Ja, wahrscheinlich. Es sind die alten Reflexe. Ein Flic, der
sich um ein paar junge Deutsche kümmert, schien mir
plötzlich sehr seltsam. Es gab unter der deutschen Besat-
zung sehr viele Kollaborateure, von denen die meisten nie
enttarnt wurden. Tut mir leid, es war ein dummer Gedanke."

****

Eine Stunde später wissen sie, dass das Motorrad nicht zu
reparieren ist. Es braucht einen neuen Motor, den sie sich
nicht leisten können. Sie nehmen den Nachtzug über Köln

nach München, und entscheiden sich, das Krad als Begleitgepäck mitzunehmen.

„Der Krieg verfolgt uns anscheinend", sagt Gerd träge, kaum verständlich über dem gleichmäßigen Rattern der Räder. „Franz hat von Indochina, von Algerien gesprochen, und der Mann in Cambrai über die beiden Weltkriege. Und es hat geregnet. Ich habe den Eindruck, als hätte es die ganze Zeit geregnet, seit wir losgefahren sind."

„Nicht immer, aber oft", sagt David schläfrig. „Die Nächte in Paris, mit dem Loch in der Decke, waren sternenklar. - Wird Zeit, dass wir nach Hause kommen."

Zurück in ihrem Dorf hat sich wenig verändert. Die Kuba-Krise schwelt weiter und schaukelte sich langsam auf. In Israel wird Eichmann verurteilt und gehängt. David findet das gerecht, ansonsten will er nicht darüber reden.

Das Motorrad verrottet langsam im Schuppen des Nachbarn und ihre Gespräche über Politik arten häufig in hitzige Debatten aus, als hätte Paris sie auf eine andere Ebene gehoben. Gerd bewundert Amerika, David dagegen sieht alles viel differenzierter und sympathisiert heimlich mit den Sowjets, ohne genau sagen zu können weshalb.

Das Geheimnis

Zurück in Zürich ruft Viktor seine Mutter an. „Warum hast du mir nicht erzählt, dass du Goffin kennst", sagt er vorwurfsvoll. „Ich habe ihn gestern in Brüssel getroffen und kam mir reichlich blöd vor, als er aus heiterem Himmel auf dich zu sprechen kam. Er sagte, er hätte dich auf einem Bankett kennen gelernt."

„Warum sollte er mich nicht kennen? Ich kenne viele Leute, die du nicht kennst", antwortet sie einen Tick zu schnell. „Ich traf ihn vor Jahren auf einem Investorentreffen in Brüssel, zu dem Salger geladen hatte."

Viktor bläst hörbar die Luft aus. „Ach Mutter! Du hast gesagt, du hättest Salger nur noch einmal getroffen, nachdem er plötzlich wieder aufgetaucht war. Und jetzt triffst du Goffin auf einer Investorenkonferenz. Ausgerechnet den Mann, mit dem Salger seine Waffengeschäfte abwickelte. Warum sagst du mir nicht, was wirklich zwischen euch gelaufen ist, ich bin kein kleiner Junge mehr."

Inka schweigt lange. Als sie antwortet, ist ihre Stimme belegt. „Was stört dich daran?"

„Alles, am meisten, dass du mir nicht die Wahrheit sagst."

„Du meinst ich lüge dich an, aber das stimmt nicht. Ich will nur vermeiden etwas zu sagen, das dann nicht mehr aus der Welt zu schaffen ist. - Ich war verheiratet, Viktor. Salger hat mich fasziniert, er ist dein Vater, ich wollte wissen wer er ist, um dich besser zu verstehen. Du warst kein einfaches Kind, und als mich Salger nach Brüssel einlud habe ich angenommen, wie kannst du mir das vorwerfen?"

„Ich werfe dir nichts vor, aber du hättest es mir sagen können."

„Nein, Viktor, das hätte ich nicht. - Salger war ein Waffenhändler, der sich glänzend hinter einer ehrbaren Fassade versteckte. Das weißt du besser als ich. Trotzdem, er war dein Vater. Ich wollte wirklich nur wissen, wie mein Sohn werden könnte, wenn er älter wird." Sie schweigt eine Weile, scheint zu zögern. „In dieser einen Nacht in Berlin, als ich mit ihm zusammen war, habe ich einen ganz anderen Menschen erlebt. Er litt, kämpfte mit sich. Er erzählte mir, wie er Deutschland hasste. Ein Land voller Mörder, die nie zur Rechenschaft gezogen wurden, nannte er uns. Die Quersumme der Verurteilungen von Kriegsverbrechern während der dreiundzwanzig Jahre seit dem Ende des Kriegs läge bei zehn Minuten Gefängnis. Zehn Minuten für jeden Toten, den diese Menschen zu verantworten hatten, sagte er. Er litt wirklich. Ich weiß nicht was ihn zu dem gemacht hat, was er letztlich wurde."

„Ein Verbrecher meinst du?"

„Nein, ein zerrissener Mensch. Vielleicht war er schizophren?"

Viktor schüttelt ungläubig den Kopf. „Und Goffin?"

„Ein äußerst charmanter Mensch. Ein Engländer, wenn ich mich richtig erinnere. Den Namen hatte ich völlig vergessen."

„Der Mann hat sich zu einer wandelnden Tonne entwickelt, aber er bewundert dich noch immer, obwohl er dich nur einmal gesehen hat. Zumindest behauptet er das. Anscheinend hast du einen nachhaltigen Eindruck hinterlassen."

„Spitzen, lauter kleine Spitzen. Hast du das von mir?"

„Keine Ahnung."

„Warum wolltest du mich sprechen? Um mir die Bekanntschaft mit einem von Salgers Freunden vorzuwerfen?"

„Nein." Auf einmal erscheint ihm Goffins Bemerkung völlig belanglos. „Tut mir leid, Mutter, ich habe mich gehen lassen. Goffin will, dass ich in Vaters Fußstapfen trete. Ich weiß nicht, ob ich das kann." Am anderen Ende der Leitung herrscht völlige Stille. „Warum sagst du nichts? Ich habe dich um Rat gefragt."

„Wirklich? Es hört sich eher an, als wolltest du mir deine Entscheidung verkünden?"

Verkünden! Wie ein Prophet, der seiner Gefolgschaft die Leviten liest, lacht Viktor innerlich. Mutter ist klug, aber sie wagt sich nicht aus der Deckung. Doch warum sollte sie auch. Sie hat mich nie in den Arm genommen, wie andere Mütter. Mein aufgeschlagenes Knie geküsst, und in den Schlaf gewiegt. Manchmal denke ich, ich bin die Katastrophe ihres Lebens. „Ich suche wirklich deinen Rat, aber es ist auch in Ordnung, wenn du dich lieber heraushalten willst."

„Warum fragst du ausgerechnet mich? Und von was redest du überhaupt?"

„Du bist meine Mutter, reicht das nicht? - Ich soll mich in ein paar komplizierte Deals einklinken, einfach nur deshalb, weil mir Vater die Mehrheit an einer florierenden Transportfirma übertrug, als er sich nach Südafrika zurückzog. Eine Firma, die unter anderem auch Waffen transportiert. - Eine Fraktion der Aufständischen in Syrien hat bei uns angefragt, ob wir ihnen nicht ein paar schwere Waffen liefern könnten. Ich neige dazu es zu tun."

„Willst du das ausgerechnet am Telefon besprechen?"

Wow, sie reagiert wie Goffin es vorausgesagt hat. „Na wie denn sonst?"

„Komm vorbei, ich will dich ansehen können, wenn ich mit dir spreche. Ich reise nicht mehr viel, du kannst also wählen."

Viktor stutzt, sie meint es ernst, denkt er. „Wie du willst. Ich bin am Wochenende in München."

„Komm am Samstag, ich mache uns etwas zu essen."

„Kochen, extra für mich!"

„Als du klein warst habe ich oft gekocht."

„Das ist lange her, aber ich freue mich. Dann bis Samstag." Sie kocht, das hat sie noch nie getan, denkt er, als er den Hörer auflegt.

Inka wohnt immer noch im Münchner Süden, dem Haus, in dem er aufgewachsen ist. Für einen Moment steht er unschlüssig vor der Tür und überlegt, ob er klingeln soll. Schließlich kramt er seinen Schlüssel hervor und tritt ein. Kurz verharrt er im Gang, ohne sich bemerkbar zu machen. Er lässt die Raumästhetik auf sich wirken, in die Inka das Haus nach einer Japanreise umgestaltet hat. Die Wände in fein abgestimmtem Grau, mit dem changierenden, tiefen Teppich auf polierten Schieferplatten, die Stöße fein verfugt. Eine Couch-Kombination über L, die Kissen Ton in Ton, zwei davon in leuchtendem Rot. Der Kaffeetisch aus Glas, das obligatorische Kunstbuch, wie zufällig liegen gelassen. Nur ein Gemälde Heckels, ein Original, wie Viktor weiß, behauptet sich gegen die Übermacht der Japaner.

Er hört das Radio aus der Küche. Sie weiß nicht, dass ich schon da bin, denkt er, und betrachtet bewundernd das Porträt einer verlebten Berliner Tänzerin der zwanziger Jahre.

„Du bist bereits da?", fragt Inka, als sie aus der Küche tritt und ihn vor dem Bild stehen sieht.

„Ja, und ich habe sogar meinen Hausschlüssel gefunden." Viktor lacht und hält einen Schlüsselbund in die Höhe. „Ein schönes Bild", sagt er, und deutet auf den Heckel.

„Finde ich auch. Mir gefällt der Kontrast zu der minimalistischen Umgebung. Willst du etwas trinken, bevor wir essen? Ich habe nur eine Kleinigkeit vorbereitet."

„Gerne, ein Glas Wein." Er deutet auf den gedeckten Tisch. „Warum glaubst du, dass wir uns gegenübersitzen müssen, um uns zu beraten?"

Inka hebt nur leicht die Schultern. „Wie aufmerksam! Bist du doch sonst nicht", sagt sie leichthin, und geht zurück in die Küche. Sie kehrt mit zwei Gläsern und einer Flasche Rotwein zurück, stellt das Tablett ab und küsst ihn. „Schön, dass du gekommen bist. Wie geht es dir?" Mit einer flüchtigen Handbewegung streicht sie ihm übers Haar. „Mach bitte die Flasche auf, dann können wir reden."

Der Duft ihres leichten Parfums hängt in der Luft und Viktor fragt sich, woher sie immer noch ihre Souveränität nimmt. Mütter verändern sich tatsächlich mit der Stimmung ihrer Kinder, Goffin hat recht, denkt er.

„Jetzt sag schon, warum ich nicht mit Goffin arbeiten soll", drängt er ungeduldig. „Deshalb hast du mich doch herbestellt, oder?"

Sie sieht ihn lächelnd an, stellt das Weinglas ab, zieht ihre Knie auf die Couch und umfängt sie mit beiden Armen, wie ein kleines Mädchen, das sich verstecken will. „Herbestellt? Wir sind schon ein seltsames Paar, findest du nicht. Ich wollte dich einfach mal wieder sehen. Außerdem ist das, was du am Telefon angedeutet hast, nichts für Leute mit langen Ohren."

„Du denkst wir könnten abgehört werden?", fragt er verblüfft.

Ihr Lächeln ist breiter geworden, als sie den Kopf schüttelt. „Viktor, mein naiver, erwachsener Junge. Ich habe dich immer geliebt, wenn du mit deinen großen, unschuldigen Augen auf die Welt gesehen hast. Und jetzt willst du sie auch noch kurieren. Ist das nicht etwas viel auf einmal?"

„Du meinst also, ich soll die Finger davonlassen."

„Das habe ich nicht gesagt. Du sollst nur wissen, dass dein Vater so ähnlich geklungen hat, als er mir erzählte, was er tatsächlich tat. Ich war zu ihm ins Hotel gegangen, und wir haben miteinander geschlafen. Da hat er mir alles gestanden. Im ersten Moment war ich völlig perplex, aber dann, ich weiß gar nicht, wie ich es sagen soll."

„Sag nicht, du hättest ihn verstanden. Es wäre zu kitschig und passt nicht zu dir."

„Nein, schlimmer, ich habe ihn bewundert", fährt sie unbeirrt fort. „Damals bin ich sogar nach Brüssel geflogen, um ihn im Kreis seiner Geschäftspartner zu erleben. Mit Jonas war es bereits zu Ende, ich habe ihn einfach nicht mehr ertragen. Dir war das Recht, du hast deinen Stiefvater sowieso nie gemocht."

„Da dachte ich noch er wäre mein leiblicher Vater."

„Ja, ich habe dir Salger verschwiegen, aber ich wusste lange selbst nicht, dass er dein Vater ist. Egal, du bist nicht wegen mir gekommen." Sie dehnt ihre Nackenmuskeln und sieht ihn von der Seite an, nur kurz, als wolle sie sich versichern, dass es wirklich ihr Sohn ist. „Du willst also nahtlos in das

Netz deines Vaters einsteigen, trotz allem, was passierte. Was sagt Salger dazu?"

„Wir reden nicht darüber. Er hat mir alle Vollmachten gegeben, die Firma zu führen. Jetzt sitzt er auf seiner Farm in Südafrika und brütet."

„Wie hat er überhaupt überlebt? Bedauert er, noch am Leben zu sein?"

„Keine Ahnung."

Inka nickt, als hätte sie nichts anderes erwartet. „Warum glaubst du eigentlich, dass du in der Lage bist, die Firma zu führen? Es braucht Chuzpe, starke Nerven vor allem, nehme ich an." Sie klingt jetzt wie eine Geschäftsfrau, die sich Sorgen macht, ihr Geld aufs falsche Pferd zu setzen.

Sie scheint es mir nicht zuzutrauen, denkt Viktor. „Ich weiß, wie man ein ganzes Firmennetz steuert, das sich nicht so leicht aufdröseln lässt. Ich weiß, wie man hinter Organisationen und in Bilanzen Sachen verstecken kann, die keiner finden soll. Ich weiß, wie man Dinge benennt, ohne ihnen die richtigen Namen zu geben. Und ich verstehe, was Menschen wollen, ohne zu sagen, was es ist. All das hilft, ich gehe nicht blauäugig in dieses Geschäft, Mutter."

„Das habe ich nicht gemeint, aber du näherst dich dem Bösen, gehst einen faustischen Pakt ein, den du dann nicht mehr abstreifen kannst, wie einen getragenen Anzug. Am Ende bist du das Böse. Aber das hast du sicher bereits alles durchgespielt, wie ich dich kenne."

Sie ist wie Lucy, die kam auch nur, um herauszufinden mit wem sie es wirklich zu tun hat. Wie berechnend Mutter ist. Das habe ich anscheinend von ihr, und ich dachte es käme von Salger. „Vaters Gebilde fasziniert mich. Ich stehe am Eingang eines Labyrinths und möchte wissen, was sich dahinter verbirgt. Das hin- und herschieben von Geld im Auftrag anderer ödet mich an. Jetzt habe ich die Chance selbst zu bestimmen, und ins reale Leben einzutauchen."

Sie schüttelt verständnislos den Kopf, aber nicht ablehnend. „Was ist das für ein Leben, immer im Verborgenen, im Halbschatten, hat dein Vater einmal gesagt."

„Die Vorstellung gefällt mir, unsichtbar im Nebel zu agieren. Und manchmal kann man nicht wählen, was man gerne hätte. Ich wollte nicht, dass er versuchte sich umzubringen. Ich wollte sein Chaos nicht, aber jetzt werde ich es ordnen, so gut es geht. Du weißt, wie schwer es ist, sich selbst zu entkommen. Sonst wärst du nicht noch einmal zu ihm gegangen. Du wolltest wissen, wer du bist, wer ich bin, Salger hat dich nicht mehr interessiert."

Sie streicht sich eine Strähne aus der Stirn, versucht sie hinters Ohr zu klemmen, aber es gelingt ihr nicht. Für einen Moment scheint sie verloren, allein gelassen von dem Sohn, der ihr fremd ist. Dann atmet sie tief ein und wieder aus, als hätte sie einen Entschluss gefasst. „Dann musst du es halt tun, erwarte aber nicht, dass ich dich dabei unterstütze. Warum sprichst du nicht mit Sabeth, seit Konrads Tod ist sie ganz anders geworden. Früher konnte ich sie nicht ausstehen, aber jetzt essen wir gelegentlich zusammen. Du hast sie immer gemocht."

„Sie würde mir dasselbe raten wie du."

****

Kurz darauf verkauft Viktor Salgers Züricher Stadtvilla und
nimmt sich eine supermoderne Wohnung, von wo er zu
Fuß ins Büro gehen kann. Fünfter Stock, Penthouse mit
Blick auf den See. Der Zugang streng limitiert. Der Aufzug
nur mit einem Code aktivierbar. Fünf Zimmer, der Salon
grau in grau, edle Hölzer, der Austritt auf die Terrasse
gleicht dem Eintauchen in ein überwältigendes Alpen-
Panorama, zu dessen Füssen sich der See erstreckt. Die
restlichen Zimmer reinweiß, nur spärliche, zurückhaltende
Kunst an den Wänden.

Im nächsten halben Jahr reist er viel. Acht Monate ver-
bringt er fast nur auf Flugplätzen, in Lounges und Hotelzimmern. Lausprecherdurchsagen und verbrauchte Luft
begleiten ihn. Menschen, die sich nicht in die Augen sehen,
während sie von einem Anschluss zum nächsten hasten.
Kaffeeshops und Kioske mit teigigen Sandwiches. In jedem
Terminal dasselbe. Fordernd ist es, trotzdem genießt er die
Zeit allein. Er hat die Mannschaft in Zürich auf einen kleinen Kern reduziert. Alles Leute, auf die er sich blind verlassen kann, und gegen Ende des Jahres, als Weihnachtslieder
bereits überhandnehmen, gelingt es ihm die letzten Beteili-
gungen von Salgers Firmen an einen Hedge-Fonds abzu-
stoßen. Die ganze Zeit hat er parallel den Einstieg in den
Waffenhandel geplant. Goffin hat ihm auf seiner Odyssee
durch die westlichen Hochburgen ein paar Abstecher in
den Nahen Osten verschafft, um ihm vor Augen zu führen,
was ihn erwarten könnte.

Im Irak ein Flüchtlingstreck, Schafherden trotten hinter Frauen und Kindern, apathisch unter sengender Sonne, umgeben von einem Nebel aus Staub. In Afghanistan das Treffen mit den Ältesten eines Dorfs, das in einem Vergeltungsschlag der Amerikaner zerstört wurde. Ihr Verlangen nach Rache. Am Ende war er nur bestärkt darin, voll in den Handel mit Waffen einzusteigen.

Er sieht das Bild der Afghanen vor sich, wie sie ihn an der Grenze zu Pakistan empfangen hatten. Goffin hatte ihm geraten die Details festzuzurren, bevor er sich aufmachte, um auf einer staubigen Piste, mitten in der Wüste, zu landen. „Vor allem will ich nicht, dass du zur Begrüßung abgeschossen wirst, egal von wem", hatte er geflachst, doch Viktor hatte sehr wohl verstanden, wie ernst es ihm war.

Sein Mittelsmann hatte ihn auf eine Dorfversammlung mitgenommen, tief vermummt in die fließenden Kleider der Paschtunen. Die Männer des Dorfes scharten sich um einen Krieger, der in imperialer Pose eine flammende Rede hielt. Der Mann trug das lange, schwarze Haar gebändigt unter seinem Turban, den er wie einen Siegerkranz trug. Der Bart wild wuchernd, Brauen wie Wunden über den Augen. Die eine Hand hielt das lose über die Schulter geworfene Tuch, die andere, hoch erhoben, wie zum Gruß. Doch die Rede, die der Mann seinen Zuhörern entgegen spie, war eine einzige Anklage gegen den gottlosen Westen. Gegen einen Westen, der ihr Land verwüstete, Frauen und Kinder tötete, um ihnen ihre Kultur zu rauben.

„Er sagt, dass sie sich bewaffnen müssen", flüsterte der Mittelsmann. „Kein Wort über dein Kommen. Kein Wort, dass er dich morgen treffen wird. Du musst darauf achten, ihn nicht zu enttäuschen."

Hier ist nicht Afghanistan, denkt Viktor, als er in die staubtrockene Landschaft blickt. Aber die Wut, das bedenkenlose Töten sind dasselbe. Lucy hat Recht, es sind die Männer, die sich ineinander verkeilen, unfähig zum Kompromiss. Und es ist die Unerbittlichkeit der Waffen, die ich ihnen liefern werde.

Der Anruf

Sie hatten gefeiert, und die letzten Gäste waren erst gegen Mitternacht gegangen, als der Anruf gegen drei Uhr morgens kam. Er ließ er es klingeln, hoffend, es würde von alleine aufhören. Als es immer weiterging, wälzte er sich aus dem Bett und tastete sich in der Dunkelheit durch den Gang zum Telefon.

Zuerst hörte er nur den schweren Atem einer Person, und als er schon auflegen wollte, sagte eine weibliche Stimme: „Wenn Sie gehen, bringe ich mich um."

Das kann nicht wahr sein, dachte er, eine Freundin vielleicht, die ihre Stimme verstellt. Aber warum mitten in der Nacht? „Wollen Sie mich auf den Arm nehmen, und wer sind Sie überhaupt? Und warum gerade ich?"

„Zufall, die Zahlenabfolge 299292 gefiel mir", sagt sie, ohne sich zu erklären.

„Und jetzt soll ich Sie daran hindern sich umzubringen? Am Telefon? Wissen Sie überhaupt wie spät es ist, und was Sie von mir erwarten?"

„Spielt das eine Rolle, wenn man sich umbringen will?"

„Nein, eigentlich nicht. Sie wollen mich in Ihr Leben hineinziehen, ohne zu fragen, ob ich das will. Verstehe ich das richtig?"

„Sie sollen mir nicht helfen, ich will nur, dass Sie mir eine Weile zuhören. Es wird nicht lange dauern."

Verdammt, mir ist kalt. Aber wenn ich jetzt auflege, bringt sie sich vielleicht wirklich um, denkt er. „Über was wollen Sie denn reden? Und was passiert danach?"

„Nichts Spezifisches", sagt sie, ohne auf den zweiten Teil der Frage einzugehen. „Wie es ist, allein zu sein, vielleicht? Sind Sie auch allein, nicht ohne einen Partner, meine ich, eher so mit sich selbst. Wenn Sie sich völlig bedeutungslos vorkommen."

„Weiß nicht. Ich bin verheiratet, wir bekommen ein Kind, darauf freuen wir uns."

„Sehen Sie, Sie denken an die Zukunft, ich denke an die Vergangenheit."

„Was ist Ihnen passiert?"

„Darüber will ich nicht reden."

„Aber über was wollen Sie reden? Mir ist kalt, meine Frau liegt in ihrem Bett, und fragt sich längst, was ich so lange, mitten in der Nacht tue am Telefon."

„Kann sie hören, über was wir sprechen?"

„Nein ich sitze im Gang auf dem Boden, in einem Pyjama, das viel zu leicht ist für diese Jahreszeit. Meine Frau liegt im Schlafzimmer."

„Ist es ein schönes Zimmer? Erzählen Sie mir, wie es aussieht."

Das kann lange dauern, denkt er, aber ich traue mich nicht aufzulegen. „Warum interessiert Sie das überhaupt? Die meisten Wohnungen gleichen ihren Bewohnern. Sie könnten das nicht zusammenbringen, weil wir uns ja nie gesehen haben."

„Genau. Deshalb möchte ich ja wissen, wie Ihre Wohnung aussieht, um mir vorstellen zu können, wer Sie sind."

„So einfach ist das nicht. Aber gut, ich beschreibe es, wenn Sie mir versprechen, mich danach gehen zu lassen, und sich nicht umzubringen. Versprochen?"

Die Leitung ist lange still, und er hofft schon, dass sie aufgelegt hat. Doch dann sagt sie auf einmal, als hätte sie eine Weile mit sich gerungen. „Gut, versprochen."

„Na dann", sagt er, und lacht ein kleines glucksendes Lachen der Erleichterung. „Wie soll ich anfangen?"

„Mit den Farben."

Seltsam, denkt er, ich hätte gewettet sie sagt mit den Möbeln. „Also, da gibt es einen cremeweißen Teppich, den ich aus dem Sperrmüll gerettet habe. Er hat ein paar Flecken, auf die wir Sachen gestellt haben, damit man sie nicht sieht."

„Was für Sachen?"

„Einen Stuhl, einen Kaffeetisch, ein Tischbein, eher ein Baumstamm, der eine dicke Platte aus Fichtenholz trägt."

„Nur ein Bein?"

„Ja, ein Stück des Stamms einer Akazie, das mir der Friedhofsgärtner geschenkt hat, weil ich versprach nicht mehr nachts über die Mauer zu klettern."

„Über die Friedhofsmauer? Nachts?"

„Ja, das war so ein Sport unter uns Teenagern, in dem Dorf, in dem ich aufwuchs."

„Hat es Sie nicht gegruselt?"

„Doch, sehr. Aber das ganze Dorf redete über einen Mann, der allein am Rand des Walds gelebt hatte, Stauden hä hä, hieß er. Er war gestorben und sie hatten ihn erst Tage später gefunden, mit offenem Mund, der sich wegen der Leichenstarre nicht mehr schließen ließ."

„Das hört sich furchtbar an."

„War es auch. Aber den Akazienstamm habe ich immer noch."

„Und den sehen Sie an, wenn Sie allein sind, und die Dinge anfangen Ihnen ihre Geschichten zu erzählen. Ist es so?"

„Ja, wie kommen Sie darauf?"

„Es geht mir genauso. Stillsitzen und die Dinge reden lassen."

„Und, was erzählen sie Ihnen?"

„Darüber reden wir ein andermal, wenn wir achtlos aneinander vorbei gehen, weil wir uns nicht kennen. – Warum hieß der Mann, Stauden hä hä?"

„So genau weiß ich das nicht. Aber vermutlich, weil er am Wald lebte und meckernd lachte, wenn ihn jemand ansprach. Vielleicht hat ihn die Einsamkeit verwirrt."

„Mit offenem Mund", sagt sie, und atmet tief ein. Er kann hören, wie sie nachdenkt. „Und all die Dinge in dem Zimmer haben Sie selbst gemacht?"

„Ja, ich baue gerne Möbel. Nichts Besonderes, einfach nur funktionales Zeug. Sachen, die wippen, wenn man sich daraufsetzt."

„Und an den Wänden, was gibt es da?"

„Die Wände sind weiß, sie waren dunkelbraun, als wir einzogen. Eine wirklich psychedelische Höhle." Das hätte ich besser nicht sagen sollen, denkt er, und ergänzt ganz schnell: „Das war vor drei Jahren, wir sind gern in der Wohnung."

„Das merkt man", sagt sie entspannt. „Und was hängt an den Wänden?", wiederholt sie die Frage von zuvor.

„Ein Frauenakt, das Werk einer Freundin, die an der Kunstakademie studiert. Die Hände und Füße hat sie nicht ausgearbeitet, aber die Brust ist sehr schön geworden."

„Warum nicht die Hände und Füße?"

„Die seien zu kompliziert, hat sie gesagt", lacht er. „Soweit sei sie noch nicht. Aber mir gefällt das Bild trotzdem."

„Wegen dem Busen?"

„Vielleicht."

„Und wie geht es weiter?"

„Es gibt ein Bücherregal, eingebaut in einen Türrahmen, der in ein angrenzendes Zimmer führt, das wir nicht benützen. Und einen Ölofen, der uns zu schaffen macht, weil wir das Öl aus dem Keller in den dritten Stock tragen müssen."

„Und ein Bett, gibt es ein Bett?"

„Ja, ein großes. Das habe ich auch selbst gebaut. Die Matratzen, schon etwas durchgelegen, haben wir von einem gebrauchte Möbelladen im Zirkus Krone geholt."

In der Leitung ist es erneut still geworden. Dann fragt sie: „Sind Sie arm? Und in diesem Zimmer schläft jetzt Ihre Frau?"

„Ja, sie wundert sich wahrscheinlich, was ich so lange am Telefon, mitten in der Nacht tue. Und nein, wir sind nicht arm. Wir sind Studenten und hoffen noch viel vor uns zu haben. Außerdem erwarten wir ein Kind."

„Oh, wann kommt es?"

„Im Mai voraussichtlich."

„Wissen Sie schon was es wird?"

„Ist uns egal, wir nehmen, was wir kriegen können", lacht er. „Und Sie, haben Sie Kinder?"

„Nein, aber darüber will ich nicht reden. - Ist Ihnen wirklich kalt?"

„Ich zittere vor Kälte."

„Dann können Sie jetzt auflegen. Ich werde mich nicht umbringen."

„Wirklich?"

„Bestimmt."